ベリーズ文庫

愛に目覚めた凄腕ドクターは、契約婚では終わらせない

緒莉

STARTS
スターツ出版株式会社

目次

愛に目覚めた凄腕ドクターは、契約婚では終わらせない

特別書き下ろし番外編

愛に目覚めた凄腕ドクターは、
契約婚では終わらせない

プロローグ

午前七時半。

藤本佳菜《ふじもとかな》は、地域の基幹病院である『藤本総合病院』で心臓血管外科医として働いている夫の和樹《かずき》を見送るため、ふたりで暮らしているマンションの玄関に向かった。

パリッとした紺色のスーツの上に上質な薄手のステンカラーコートを着た夫は、息をのむほどかっこいい。

間近で彼の顔を見ることにまだ慣れず、つい首の辺りを見てしまう。

夫は百八十センチを超えるくらい背が高いから、小柄な佳菜はそれでも少し見上げる感じになる。

平凡で少々童顔な自分の外見をこの年まで気にしたことはなかったのだが、モデル並の容姿の夫と顔を合わせていると、さすがにもう少し大人っぽくなりたいと思いはじめた。

今度美容室に行ったときは、肩の下まで伸びた髪を染めて、パーマでもかけてみようか。

「今日のお帰りは、何時頃になりそうですか?」

「十時を過ぎると思う。食事は先に済ませてくれ」

優しいテノールがそう答えた。

「わかりました」

今日は同居をはじめて初めての朝を迎えた。当然、見送りも初めてで緊張する。

和樹は靴べラを使って革靴を履き、佳菜と向き合う。

そのまますぐ、いってきますと言うのかと思ったら、なにか言いたげな顔で黙って佳菜の顔を見てくる。

「……どうかなさいました?」

まじまじと見られ、そわそわしてしまう。

これ以上見つめられたら、顔が赤くなりそうだ。

「なんでもない」

頭に浮かんだ考えを振り払うみたいに、和樹が首を横に振る。

「じゃ、いってくる」

「はい、いってらっしゃいませ」

佳菜は玄関から出ていった和樹を見送って、鍵をかけた。

佳菜は和樹と同じ病院で小児科の看護師として働いている。

今日は日勤なので、しばらくしたら家を出なければならない。

「ふう……」

小さくため息をついて、リビングへと廊下を戻る。

明日から和樹の分も弁当を用意した方がいいかどうか、聞けなかった。彼は今日のランチも、病院の地下にあるコンビニで買ったパンをかじるのだろう。

朝晩の食事だけでなく昼食の弁当まで作るというのは、出すぎた行為なのだろうか。

どういう距離感で夫に接するのが正解なのか、誰か教えてほしい。

結婚したというのに、佳菜は自分が夫に遠慮しすぎなのか近寄りすぎなのか、よくわからなかった。

それもそのはず、ふたりは恋愛期間を経ての結婚ではなく、まったく交際しないままに突然契約結婚をしたばかりなのだ。

話は十日前にさかのぼる。

第一章　天の助け

十一月半ばのある寒い日の夜。

森下《もりした》佳菜は、父方の祖父である宗治《そうじ》とともに、行きつけの寿司屋のカウンターで夕食を楽しんでいた。

地元の商店街の一角にあるこの店は、一品料理がおいしく値段も良心的で、宗治のお気に入りだった。

作家ものらしき皿に盛られた石鯛の煮物には、細く刻まれたショウガが添えられている。さっそく箸を伸ばし、身を口に運ぶと、しっとりとしていて甘みがあり、思わず口もとが緩んだ。

「んーっ、この煮物最高です、大将」

「石鯛は、いまが旬だからね」

丸い顔をした寿司屋の店主が、さらに顔を丸くして笑う。

「そうそう。生き物には旬ってものがあるんだ」

祖父はまあまあ酔っているようだ。赤い顔で徳利を傾けたが、お猪口《ちょこ》には雫しか落ちなかった。

「佳菜、お前もう二十五だろう」

「まだ二十四と十一か月ちょっとだよ」

佳菜の誕生日は、クリスマスイブと同じ日だからみんな一発で覚えてくれる。

「そんなこと言って、ぼやぼやしてたらあっという間に旬が過ぎちまうぞ。早いとこ恋人のひとりやふたりつくれ」

こんな小言を言われるのはいつものことだ。そして、佳菜が右から左へと聞き流すのもいつものこと。

「果物は腐りかけがおいしいって言うじゃない。それに、恋人はいないけど好きな人くらいいるし」

なんて、嘘だけど。

宗治も疑わしげな顔をしている。

佳菜は二十四年間生きてきて、一度も恋人というものができたことがない。

かといって男性が苦手なわけではない。ただ中高一貫の女子校を出て、大学の看護学科に進んだものだから、周囲が常に女性だらけで男性と縁がなかったというだけ。

いまも勤め先が総合病院の小児科なので、出会う男性は子どもかその父親ばかりだ。

それでもいまのところ、早く結婚しなくてはと焦ったりはしていない。

ひと昔前は女性がクリスマスケーキに例えられ、二十五歳を過ぎたら売れ残りなんて呼ばれていたらしいが、いまどき三十歳を過ぎても独身の人なんてごろごろいる。

そんな今のご時世を知ってか知らずか、宗治は苦い顔をして口を開いた。

「すぐにでもその好きな人とやらをつかまえて、顔を見せてもらいたいもんだな。あんまり待たされると、俺は腐り終わって骨になっちまう」

「おじいちゃん、まだ七十四でしょ。若い若い。私が五十になるくらいまでは、ピンピンしてるって」

佳菜は本気でそう思っている。

実際、宗治はもう七十歳を過ぎているとは思えないほど若々しい。肌には張りがあるし、髪だってさすがに白いものが増えてはきたもののまだフサフサだ。大きな病気をしたことも一度もない。

「まったく、ああ言えばこう言う。大将、そろそろ寿司くれ寿司」

宗治がカウンターの向こうに声をかけた。

「はいよ、アワビお待ち」

威勢のいい声とともに、握りたての寿司が宗治と佳菜の前に置かれた。

さっそくいただく。

「ん〜、これこれ」

目をつぶって味わう。コリコリとした食感がたまらない。磯の風味が口いっぱいに広がっていく。

佳菜は寿司のネタで貝類が一番好きだ。大将はそれを知っているから、なにも言わずともいつもアワビから握りはじめてくれる。

この寿司屋には、七十歳まで現役で心臓血管外科医を続けていた祖父とふたりで、月に一回は夜に食べに来る。

佳菜はいま、祖父とふたり暮らしだ。

佳菜の両親は、佳菜が小学一年生の頃に、交通事故で亡くなった。

十二月のある日、佳菜を祖父母に預け、夫婦ふたりで佳菜への誕生日プレゼント兼クリスマスプレゼントを買いに行った帰りに、居眠り運転をしていたトラックと正面衝突してしまったのだ。

それから佳菜は父方の祖父母に育てられたが、かわいがってくれた祖母は佳菜が成人式の振袖を着たのを見た数か月後に、末期の肺がんで亡くなった。

母方の祖父母は佳菜が生まれる前に亡くなっているから、ひとりっ子の佳菜にとって身寄りと言えるのはもう宗治しか残っていない。

だから、早く結婚しないかと祖父がヤキモキする気持ちも少しはわかる。

とはいえ相手が必要な話だから、心配されてもどうしようもないのだが。

「だいたい私が結婚しちゃったら、おじいちゃんどうするの。ひとりで暮らせないでしょ。毎日お寿司食べに来てたら、年金なんてすぐなくなっちゃうよ」

次々と握られてくる寿司を口に運びながら、佳菜は言った。

宗治は典型的な昭和の男だ。庭の手入れや壊れた家具の修理などはやるが、家事はほとんどしない。元心臓血管外科医だけあって手先はものすごく器用な人だから、やらなくてはいけない状況になれば、なんでもできるのだろうが。

「俺か？　俺は、たったひとりの孫娘が嫁にいったら、安心してコロリと逝くさ」

「またすぐそういうこと言う」

医者だったのだから、人間は案外コロリとなんて逝けないとよく知っているくせに。

「大将、日本酒」

「もうだめ。最近血圧高いのに飲みすぎ。大将、赤だしください。私の分も」

「はいよ」と、店主は笑って言う。

「佳菜ちゃんはほんとしっかりものだよね。いい嫁さんになるよ」

いた。


「ありがとうございます」

カウンターに置かれたシジミの赤だしを味わう。

おいしい。貝のうまみが、じんわりと体に染みわたっていくようだ。

酒を強制的に終了させられぶつぶつ言っていた宗治も、「うまい」と小さくつぶやいた。

トレンチコートを着て、カラカラと引き戸を開き店の外に出る。

ひんやりした外の空気が心地いい。道の端では落ち葉が風に揺れていて、季節が秋から冬へと変わるのもそんなに先ではなさそうだと感じていると、お会計を済ませた宗治が上着を手に持って中から出てきた。

「今日もおいしかったね」

「ああ」

食事をしていた間に小雨でも降っていたのか、地面は湿っている。

ここから家までは、歩いて十分くらいだ。早く帰って、熱いお風呂に入りたい。

佳菜は歩き出そうとした。

しかし、宗治がついてくる気配がない。

「おじいちゃん？」

振り返ると、片袖だけ上着に手を通した宗治が、左胸を押さえて立っていた。

苦しげな表情から、ただ事ではないとわかり、佳菜は慌てて宗治に駆け寄る。

「おじいちゃんっ、どうしたの、胸が痛いの⁉」

「だいっ――」

大丈夫と言おうとしたのだろうができず、宗治は膝から崩れ落ちた。それをなんとか受け止めて、佳菜は「おじいちゃんっ」と叫んだ。

異変を察して、寿司屋から店主が飛び出してきた。

「佳菜ちゃん、どうしたっ」

「大将、救急車呼んでください、おじいちゃんがっ……！」

「わかった」

店主はすぐさま店にとって返した。

「ぐうぅ……」

宗治が自分の腕の中で、苦しそうに呻く。服の胸もとを握りしめている右手は、ぶるぶると震えている。

どうしよう、どうしよう。

真っ先に疑ったのは狭心症だ。

佳菜は宗治の左手を掴《つか》み、手首から脈を取ろうとした。しかし自分の手が震えてしまってうまくできない。看護師なのに情けないったらない。

電話を終えたらしい店主が再び店の外に出てきて、佳菜と宗治の前にしゃがんだ。

「宗治さん、しっかりしろ、いま救急車が来るからなっ」

「あのっ、お店にAEDはありますか？」

「うちにはないな。探してきた方がいいかい？」

「あ……いえ……」

宗治に意識はあるのだから、すぐに必要なわけではない。

混乱している。だめだ、しっかりしなくちゃと思っているのに。

「おじいちゃん……やだよ……」

子どもみたいな声が出た。

冷たいアスファルトに同化するかのように身動きが取れず、ただ宗治の体にしがみつく。

祈るような思いで救急車を待った。

ちらほらといる通行人が、どうしたのだろうと言うかのようにこちらへ視線を送ってくる。

「――どうしました？」

斜めうしろから声をかけられ、パッと振り返る。

「あっ……」

紺色のコートとスーツを着た男性の顔を、佳菜はよく知っていた。

佳菜が勤めている藤本総合病院の心臓血管外科医、藤本和樹だ。院長の次男で、三十二の若さで外科のエースと呼ばれている。

こんなときに心臓の名医に会えるなんて、天の助けとしか思えなかった。

「あのっ、おじいちゃんが、急に胸を押さえて苦しみだして……！」

佳菜が話し終える前に、和樹は宗治の前に膝をつく。

「森下さん、森下さん、大丈夫ですか」

宗治の肩を二回叩いて、和樹が尋ねた。

佳菜は彼が祖父を〝森下〟と呼んだので驚いた。

「胸が、無茶苦茶いてぇ……」

絞り出すように、宗治が言った。

「意識はハッキリしているな。救急車は？」

「もう呼びました」

「よし、うちの病院に運んでもらおう」

そう言われ、さらに驚いた。

話しぶりからすると、和樹は佳菜のことも知っているようだ。

藤本総合病院は地域の基幹病院で、医師だけで百人以上いる。看護師となるとその五倍はいるし、佳菜は他科の看護師だ。

宗治に至っては、和樹と同じ心臓血管外科医だったとはいえ、藤本総合病院で働いたことすらない。

だからとても意外に思った。

いったいなぜ、和樹は自分たちを知っているのだろう。

「この人は？」

寿司屋の店主が不思議そうな顔をしている。

「私が働いてる病院の、お医者さん」

「お医者様か！　それは安心だ」

少しして、サイレンを鳴らしながら商店街の細い道に救急車が入ってきた。

立ち上がった和樹が救急車に向かって大きく手を振る。その背中がとても頼もしく見えた。

救急車がすぐ前に停車し、中から救急隊員がふたり、ストレッチャーを運んできた。

「患者さんはそちらですか」

「心筋梗塞の疑い、意識レベル一。私は藤本総合病院の心臓血管外科医の藤本です、私が診ます」

てきぱきと指示を飛ばし、和樹は宗治とともに救急車に乗り込んだ。

「森下さんも一緒に」

「は、はいっ」

店主に小さく頭を下げ、佳菜も救急車に乗った。

救急車がまたサイレンを鳴らして走り出す。その間に、和樹はもう宗治の胸もとをはだけさせて、聴診器をあてている。

「……もうそんなに痛くない」

横たわっている宗治が、気まずそうにつぶやいた。

「先生、その様子だと胸痛初めてじゃないでしょう」

和樹はたしなめるように言った。

宗治を〝先生〟と呼んだ。やはり医師だったのを知っているようだ。

「そうなの？　おじいちゃん」

「知らん」

宗治は佳菜から顔を背けるようにしてつぶやく。

強がってはいるが、宗治の額には脂汗が浮かんでいる。握っている手も冷たい。

ピークは越えたようだが、まだかなり痛むのは間違いない。

「不整脈も少し出てますよ。まず間違いなく、心筋梗塞の前兆です。藤本病院にコールしてください」

和樹は救急隊員に指示を出し、すぐに電話を代わった。病院に残っていたスタッフに指示を出している。

心臓血管外科の専門用語が多く、小児科のナースである佳菜には、着いたらすぐなんらかの処置をしてもらえるということしかよくわからなかった。

それでも和樹の様子が落ち着き払っていたので、不安はずいぶんと軽減された。

藤本総合病院には、十分ほどで到着した。

救急玄関に停車してすぐに救急車のドアが開き、宗治が運び出される。

待ち構えていた病院スタッフの中に佳菜の同期の看護師がいて、驚いた顔をされた。

「あら、森下さん？」

「私の祖父なんです。どうぞよろしくお願いします」

「そうだったの、了解。先生、冠動脈造影検査、準備できています」

「わかった。森下さんは、ひとまず廊下の椅子で待っていて」

「は、はい」

宗治が救急の処置室へ運ばれていく。

宗治の上着を抱え、佳菜は邪魔にならないようすぐに廊下へと出た。

いくらもしないうちに、宗治が心臓外科の検査室へ移動するためにストレッチャーに乗ったまま出てきた。術衣に着替えさせられ、酸素マスクをつけられている。

「おじいちゃん……」

宗治の見た目が若々しい上に、実の父親を早く亡くしたこともあり、佳菜は宗治を祖父というよりは父親に近い感覚で捉えているところがあった。

それがこんなふうに患者としての姿を見せられると、急に老けたように感じてしまい、心細くなる。

なんでもない、というように、宗治がひらひらと手を振る。

続いて、ドクターのユニフォームである青いスクラブに着替えを済ませた和樹が、廊下に出てきた。

「森下さん」

「は、はい」

佳菜は立ち上がった。

「これから冠動脈に造影剤を流し込んで、X線撮影する検査をするから。股のつけ根から動脈にカテーテルを入れて、冠動脈まで持っていくんだ」

「はい」

「結果が出て詰まりかけている箇所がハッキリしたら、そのままバルーンとステント——筒状になった網目の金属を使って、血液を再開通させる」

「……はい」

心臓の血管に金属を入れるなんて、なんだかとても恐ろしい感じがした。

不安は顔に出たらしく、和樹は大丈夫と言うようにひとつうなずいた。

「メスを入れるわけではないから、体の負担は軽い。入院も数日で済むよ」

心臓血管外科の名医である和樹がそう言ってくれるなら、心強い。

「わかりました。どうぞよろしくお願いします」

深く頭を下げる。

その後は運ばれていく宗治に邪魔にならないようについていき、検査室前の椅子に腰を落ち着けた。

時刻は午後九時を過ぎている。

通常の診療時間を過ぎているため、病院内の照明は昼間より暗い。静かだ。コツコツと誰かが廊下を歩く音が、遠くから微《かす》かに聞こえてくる。

ここには毎日出勤しているし、夜勤にだって入っているのに、いつもの病院とはまったくべつの場所のように感じた。

宗治の上着を抱え直す。嗅ぎなれた、祖父の匂いがした。

和樹は、宗治の胸痛が初めてではない可能性に言及していた。いったいいつから異変を抱えていたのだろう。一緒に暮らしているのに、全然気づかなかった。

腕時計を見て、時刻を確かめる。前回見たときから二分も経っていない。あまりの時間の進まなさに、時計が壊れているのではないかと思ってしまう。

宗治が心配で、かといってできることもなく、佳菜はスマートフォンを開いた。ずらっと並んだ連絡先を眺める。そして、自分にはこんなときに連絡する相手のひとりもいないと気づいた。

友達がいないわけではないが、祖父について報告されても困るだろう。

仕事を休む必要はなさそうだから、上司に話すのも明日の業務時間内でいい。

親戚はいない。恋人もいない。

だからといって寂しいとはいままで思っていなかったが、誰もいない病院の廊下でポツンと座っていると、冬の空気のような寂しさを感じた。

スマートフォンを鞄に入れる。

「おじいちゃん……」

両手で顔を覆い、目を閉じる。泣いてしまいそうだった。


佳菜にとっては何十時間にも思えた時間が過ぎ、やっと処置室から出てきた宗治は、空いていた個室に運ばれた。

佳菜も一緒に部屋へと入る。

「おじいちゃん、大丈夫？」

「おう」

さすがに疲れた顔をしているが、もう痛みはないようだ。酸素マスクもすでにはずされている。つながれている管は点滴のみだ。

「森下さん、どうぞ座って」

和樹がベッド脇に置かれている丸椅子に座り、自分の隣を指し示した。

宗治を運んできた看護師たちは、点滴の具合を確認して部屋を出ていく。

「まず……改めまして、ご無沙汰しております、森下先生。藤本総合病院の心臓血管外科医、藤本和樹と申します」

和樹が宗治に深く頭を下げた。

「どこで君に会ったかな。覚えていなくて申し訳ない」

「覚えていらっしゃらなくて当然です。僕が医学部を出てすぐの初期研修のときだけですから、当時先生がいらした病院の心臓血管外科にお世話になったのは」

「ああ、研修生だったのか」

医大を出て医師国家試験に受かった者は、専門科を決定する前に二年間、様々な診療科を回って研修医を務める。

「藤本、ということは、院長のご子息か?」

「はい。僕は次男です」

「たしかに腕が立つご子息がいると噂では聞いていたが……この病院は、脳外科で有名なはずだ。なぜ心臓血管外科医に?」

宗治は不思議そうな顔をしている。

「僕も自分が脳外科に進むものだとばかり思っていたのですが……初期研修で森下先生の手技を目のあたりにして、感銘を受けました。まさに神の手でした」

当時を思い出したのか、和樹は感慨深げに言った。

「それで研修期間終了後、すぐ藤本には入らず、大学病院の心臓血管外科で修業を積んで、二年前、藤本に心臓血管外科をつくったんです」

佳菜が大学の看護学科を卒業してこの病院に就職したのと同時期に、和樹が入ってきて心臓血管外科を開設したのは知っていた。

しかしまさか、それが宗治の影響だったとは。

「おじいちゃんって……そんなにすごい人だったんですか？」

家で見る宗治はずっと、どこにでもいるようなごく普通の男性だったし、仕事の話はほとんどしなかった。

「有名も有名。この国の心臓血管外科医で、森下先生を知らないドクターなんてひとりもいないよ」

そう言われても、あまりピンとこない。

「俺の話はいいよ、もう引退した、ただのじいさんだ」

宗治がぶっきらぼうに言ってひらひらと手を振る。

「では、病状のご説明をさせていただきます」

和樹が表情を引きしめた。佳菜も丸椅子の上で背筋を伸ばす。

「冠動脈造影検査後、そのままカテーテル・インターベンションを行い、狭窄《きょうさく》していた血管はひとまず押し広げました。ただ……一枝病変でしたらこれだけでよかったのですが、ほかの冠動脈もあまりいい状態とは言えません。なので、私としては冠動脈バイパス手術を受けられるのをお勧めします」

和樹がそう言うと、宗治は思いきり渋い顔をした。

「こんなじいさんにか」

冠動脈バイパス手術とは、体の別のところから切り取ってきた血管の、一方を大動脈につなぎ、もう一方を詰まった箇所の先に縫いつける手術だ。バイパス用の血管としては、胸や胃、上肢の動脈がよく使われる。

ということを、佳菜は待たされている間にスマートフォンで調べていた。

「手術に耐えられないほどご高齢ではないと思います」

「しかし、百パーセント安全な手術でもない」

「そんな手術はありません。先生はよくご存じではないですか」

「じゃあ、しない」

「おじいちゃん⁉」

佳菜は耳を疑った。誰よりも知識があるはずの宗治が、まさか手術を断るだなんて思ってもみなかった。

「どうしてですか、森下先生」

「俺は五千人の心臓を切ってきた。いまさら自分が手術されるのなんざ怖くはないが、この子が嫁にいくまでは絶対に死ねないんだよ」

「えっ、私？」

佳菜は自分を指さした。

「万にひとつでも、俺が死んだら、佳菜がひとりになっちまうだろうが」

佳菜はさっき廊下で待っていたときの心細さを思い出した。

宗治が亡くなったら。そんなことは考えたくもない。

でも自分のために、宗治が必要な手術を受けないのは、違う気がした。

「おじいちゃん、すぐ手術を受けた方がいいって。おじいちゃんが一番若いのはいまなんだから」

そうそう、と言うように和樹が隣でうなずく。

「なるべく早いうちに手術していただいた方が、成功率が高いです」

「――先生は、何人死なせた？」

「え？」

「俺は五十一人だ」

宗治は和樹をまっすぐに見つめて言った。

「全員のことを、いまでもハッキリ覚えている。手術しても回復しないまま亡くなった人もいれば、いったん回復しても合併症で違う病気になって、結局亡くなった人もいる。いいか、五十一人だ。さっき先生が『神の手』と言った俺でもだ」

「私は――」

「まだひとりも死なせていないか？　それは先生が若くて症例が少ないからだろう。俺が最初のひとり目にならないとどうして言える？　先生は俺より腕がいいと、胸を張って言えるのか？」

「……それは」

和樹は口をつぐんだ。表情に悔しさが滲んでいる。

「おじいちゃん……」

佳菜にも、宗治が言わんとすることがわかった。

冠動脈バイパス手術は、成功率がそれほど低い手術ではない。それでも宗治は、うまくいかなかった場面に何度も立ち会っている。

だからこそ、たとえ名医と言われていようとも自分よりかなり若く経験の浅い和樹を信じられないのだ。

「佳菜はもう二十五だ。あと何年もしないうちに嫁にいくだろう」

「いや、それは……あと、二十四歳と十一か月ちょっとだってば」

これから恋人をつくって、結婚して、となると何年かかるのか想像もつかない。この人なら恋人になってくれそうという心あたりもまったくないし、どうやって探せばいいのかもわからなかった。

「一番まずかったところにはステントが入ったんだし、リスクを伴うくらいなら佳菜の結婚問題が片づくまでは薬で騙《だま》し騙し生きていた方がいいと思っている。……まあ、酒はまたやめるさ」

「おじいちゃん……」

宗治は現役時代、いつ病院に呼び出されるかわからなかったから、休みの日でもほとんどアルコールを飲まなかった。かなりの酒好きなのにだ。

それがまた禁酒生活に戻るなんて。しかも佳菜のために。

世間体だとか、ひ孫が見たいだとか、そんな理由で宗治が結婚しろとうるさいのだったら、ばかなこと言ってないで手術を受けてと、もっと強く言える。

しかしそんな理由ではなく、長年かけて築き上げてきた外科医としての思いや自分がいなくなった後の佳菜の身を案じてのことが理由だとわかるだけに、どうしていいのかわからなくなる。

佳菜は助けを求めるように、隣にいる和樹を見た。

和樹は顎の下に指をあてて、考え込むような表情をしていた。

「……先生のご意向はわかりました。でも、もう一度よく考えてみてください」

心筋梗塞についての知識がふんだんにある宗治相手に、和樹もそれしか言えなかったようだ。

「俺の考えは変わらない。親身になって考えてくれている先生には申し訳ないが」

彼が手術をすると言ってくれているのに、こんな家庭の事情で振り回すような形になってしまって、本当に申し訳ないと佳菜は思った。

第二章　契約結婚の提案

翌朝。日勤として出勤した佳菜は、ロッカールームで和樹の噂を耳にした。それは珍しいことではなかった。

院長の息子で心臓血管外科のエース、しかもモデル並の容姿の和樹はいつだってナースたちの噂の的だ。

「――和樹先生に、またひとり振られたらしいよ」

「え、また？」

「昨日の診療時間後。今度は心臓血管外科の佐藤《さとう》さん」

「まじで？　あの人めちゃめちゃかわいいのに」

端に固まってこそこそ話しているから、こちらには聞こえないと思っているのかもしれないが、丸聞こえだ。

「やっぱり恋人いるんじゃないの？」

「それが、いないみたいよ。佐藤さんがどうしてもあきらめきれなくて聞いたら、そう言ったんだって」

「真面目か。適当に恋人いるって言っておけば、早く話が終わるだろうに」

「真面目なんだろうねえ。そういうところも魅力なんだけど。きっとああいう人と結婚したら、絶対浮気なんてされないんだろうなあ」

昨日の診療時間後ということは、和樹が寿司屋の店先に通りかかったのは、佐藤との話を終えた後だ。彼女の告白がなかったら、あんな絶妙なタイミングで助けてはもらえなかったと思うと、ありがたいような申し訳ないような気分になる。

それにしても、何人目だろうか。和樹に振られた人の話を聞くのは。

藤本総合病院には、百人を超える医師がいる。国内では有数の大病院で、医学生や医療従事者たちが憧れるようなエリートドクターも集まっている。その中で、こんなにも看護師たちから恋愛的な意味で注目されているのは、和樹だけだ。

おかげで他科のドクターにもかかわらず、佳菜も和樹についてまあまあ知っている。

和樹は藤本総合病院の院長の次男だ。ふたつ年上の長男は脳外科に勤めている。

ふたりとも〝藤本〟なので、下の名前で呼ばれることが多い。

藤本兄弟はふたりとも背が高くすらりとして、顔だちも整っている。ブルーのスクラブと白衣を着ている姿は、まるでドクターを演じている俳優のようだ。

医師としての腕も甲乙つけがたいようなのだが、看護師たちから人気があるのは、ダントツで弟の方だった。なぜなら、長男は既婚者だからだ。

和樹が藤本総合病院に心臓血管外科を開いてから二年。数多くの看護師が彼に告白しては散っていった。

理由はいつも同じ。仕事で頭がいっぱいで、いまはそういうことを考えられないから、だ。それはきっと本当なのだと思う。病院に診療科を増やすのがどのくらい大変なのか佳菜にはわからないが、けっして簡単ではないだろう。

院内でたまに見かける和樹はいつも真面目な顔をしていたから、仕事に対して真摯な人なのだろうなとは常々思っていた。

昨日の和樹は、倒れていた宗治に接したときも病室で病状について説明してくれたときも、とても冷静で丁寧だった。和樹が名医と呼ばれ、患者さんからの信頼が厚い理由がわかった気がした。

着替えを済ませ、ナースステーションで夜勤の看護師たちから引き継ぎを受ける。

その場で佳菜は、祖父が心臓血管外科に入院したと師長や同僚たちに報告した。大丈夫だとは思うが、祖父になにかあればすぐそちらに行かなくてはならないからだ。

「そう、おじいさまが……それは心配ね。でも大丈夫、うちの心臓血管外科には和樹先生がいるから」

師長が励ましてくれた。

同僚たちも力になれることがあったらなんでも言ってと言ってくれる。

本当に仕事仲間には恵まれたと、ありがたく思う。

それから昼休みまでは、病室を回ったり、外来でドクターの手伝いをしたりしているうちに、いつも通り慌ただしく時間が過ぎた。

小児科病棟には、いろんな子がいる。治療法の確立されていない難病で、退院のめどが立たない子も何人もいる。

だからこそ佳菜は、できる治療があるのにしないという宗治を歯がゆく思った。

佳菜としては、すぐにでも冠動脈バイパス手術を受けてもらいたい。名医といわれる和樹が手術を勧めるのは、それだけの理由があると思うからだ。

本当は宗治だってその方がいいとわかっているはずで、それでいて手術を拒否しているのは、ひとえに佳菜を思ってのこと。

自分のせいで祖父の寿命が縮まるかもしれないなんて、冗談じゃない。

かといって『いますぐ嫁にいくから、安心して手術を受けて』とも言えない。結婚どころか、恋人もいないのだから。

寿司屋では、つい『好きな人くらいいる』なんて言ってしまったが、本当はそれすらいない。

こんなことなら、宗治の小言を聞き流さず真面目に婚活しておくべきだったと、ため息が出る。

「森下さん、そろそろ休憩入って」

電子カルテに入力していると、師長から声がかかった。

「あ、はい」

もうそんな時間か。

今日はお弁当を作ってこなかった。下のコンビニでパンでも買って、宗治の顔を見ながら食べようか——と思ったときだった。

「森下さん、いる？」

小児科のナースステーションにひょいっと顔を出したのは、今朝もナースたちの噂の的だった、和樹だった。

「えっ……」

小さくどよめきが起こった。

その場にいたみんなの視線が、いっせいに佳菜の方に向く。

「はい、なんでしょう」

居心地の悪さを覚えながら、和樹のもとへと歩み寄る。

「今日、仕事の後に時間があったら、ちょっと話せないかな」

和樹はいかにも勤務中という感じの、真面目な顔をしている。

これはきっと宗治の話だ、と佳菜も気を引きしめた。

「はい、どちらに伺えばいいですか？　診察室ですか？　祖父の部屋ですか？」

「できれば外の方がいいんだけど」

和樹は少し言いづらそうだった。

「外……？　はい」

佳菜はなぜ院外で話す必要があるのか少々不思議に思ったが、病院の最寄り駅近くにある喫茶店で落ち合うことを約束した。なにか病院内では話しづらい事情があるのかもしれない。

要件を言い終わると、和樹はすぐに戻っていった。

「はあ、びっくりしたぁ……」

同僚が胸に手をあてて言った。

和樹が小児科病棟にやって来るなんて、そうそうないから、無理もない。

「そうだよね、森下さん、おじいさんが心臓血管外科に入院してるんだもんね」

「久しぶりに見たけど、やっぱりかっこいいなぁ」

周りのみんなは、佳菜と同様に入院している祖父についてなにか話があるのだろうと納得したようだった。


定時で仕事を上がり着替えを済ませた佳菜は、宗治の病室に顔を出した後、和樹に指定された喫茶店へ向かった。

チェーン店ではなく昔からあるような純喫茶で、客の入りはまばら。デリケートな話になるだろうが、ここなら仕事帰りの藤本の職員が寄ったりはしなそうだ。

紅茶を頼んで、窓の外を眺める。

仕事帰りの人たちが足早に通り過ぎていく。

和樹の話とは、いったいなんだろう。宗治には聞かせられないようなことなのは間違いない。

致命的な病変が見つかったとか。わからないが、かなりシビアな話になりそうだ。

早く聞きたいような、永遠に聞きたくないような気持ちで、和樹を待つ。

紅茶が届いても口にする余裕はなく、気づけば冷めていた。

十分ほど待ったところで彼はやって来た。

「待たせてごめん」

「いえ、私もいま来たところです」

「……ブレンドコーヒーを」

店員に飲み物を注文した和樹と、改めて向き合う。

こんなに至近距離でしっかりと顔を見るのは初めてだ。昨日はそれどころではなかった。

意志の強そうな目もとが、印象的な人だなと思う。

コーヒーがくるまで、和樹は話しださなかった。テーブルに肘をついて顎の前で手を組み、職場で見るのと同じように真面目な顔をしている。

「あの」

きちんとお礼を言っていなかったと気づいて、口を開いた。

「祖父を助けてくださって、ありがとうございました。先生の処置が早かったおかげで、大変なことにならずに済みました」

「医師として当然の処置をしただけだよ」

「それでも、本当に……すみませんでした」

「すみません、とは?」

和樹が軽く首をかしげる。

「私、ナースなのに全然適切な対応ができなくて……苦しんでいる祖父をただ抱えているだけでした。先生が通りかかってくださらなかったら、救急車が到着するまで震えているだけだったと思います。昨日からずっと、自分が情けないです」

佳菜はうなだれた。後悔と反省を繰り返していた。

「無理もないよ」

和樹に言われ、顔を上げる。

「え?」

「相手が身内だと、落ち着いて対処するのは難しいものだ」

「先生でもですか……?」

「そうだね。落ち着いて対処しようと努力はするだろうが、ほかの患者さんと完全に同じようにあたれるかといわれると、ちょっとわからないな」

話し方は淡々としているけれど、慰めてくれているのがわかる。和樹の気遣いが、佳菜にはありがたかった。

「お待たせしました」

和樹の目の前にホットコーヒーが置かれた。

「ありがとうございます」

和樹の視線が、小さく波を立てているコーヒーの表面に注がれる。

カップを手に取って、飲む様子はない。

佳菜は緊張したまま、和樹が本題に入るのを待った。

祖父の具合は、そんなに悪いのだろうか。

不安で、胸の奥に黒いもやがかかっていくようだ。

「それで、祖父は……？」

「ああ、違うんだ、来てもらったのは森下先生の話をしたかったからではなくて」

「え？」

なにを言われたのか一瞬わからなかった。

宗治の件でなかったら、和樹が佳菜を呼び出す理由なんてないはずだ。

「まあ、違うということもないか」

和樹の返答は要領を得ない。

普段は論理的に話をしているだろうドクターらしくない。

「どういうことでしょうか」

痺《しび》れを切らして、佳菜は尋ねた。

「単刀直入に言おう」

和樹が心を決めたように視線を上げた。組んでいる両手にはグッと力が入っている。

「俺と、結婚しないか」

「え？」

なにを言われたのか、理解できない。

「ケッコン……って、あの結婚、ですか」

「その結婚」

うなずいた和樹の表情は真面目そのもので、ふざけている様子はまったくない。

そもそもこんな場面で冗談を言うような人でもない。

「結婚……」

はい、とも、いいえ、とも言えず、佳菜は固まってしまった。

二十四年と十一か月ちょっと生きてきて、誰からも告白なんてされた経験はなかったのに、告白も交際もすっ飛ばして、プロポーズされるなんて。

こんなことがあるだろうか。

「どうかな」

どうかなって。

「あの……どうしてそういうお考えに至ったのか、伺ってもよろしいでしょうか」

同じ病院に勤めているとはいえ昨日までほぼ接点がなかったのに、結婚したいと思うほど好かれているとはとても思えない。

「森下さんが俺と結婚すれば、森下先生は手術に同意してくれるんじゃないかと思ったんだ」

「あ……なるほど」

たしかに宗治は、佳菜が嫁にいくまでは手術したくない、という言い方をしていた。

しかしだからといって、宗治とは医師と一患者でしかない和樹が、ほぼ初対面だった佳菜と結婚するというのは、ずいぶんと突飛な考えのように思える。

「森下先生は、実力を持った方だ。おそらく国内で一番。だからこそ、自分が認めた人間以外に手術されるのを拒まれている。現状、俺の肩書きでは満足されていないのが事実だ」

「……すみません」

宗治の考えがわがままに思えて、申し訳なくなる。

「謝らないでくれ。俺の力不足だ」

和樹はフッと笑った。

「かといって、どんな医師なら先生のお眼鏡にかなうのかはわからない。もしかしたら、そんな人物はいないのかもしれない」

「そう、ですよね……」

「薬物療法でもいいけれど、それにも限界があるし、俺は手術が最善だと信じている。そしてできる限り早く最善の治療を施すには、先生が誰よりも大事にしている森下さんと俺が結婚して、伴侶としての信頼を得つつ、医師としての力も認めてもらうのがいいのではないかと考えた」

そのための結婚ということか。

佳菜は冷めきった紅茶をひと口飲んで、考え込んだ。

「……結婚したからといって、すぐに手術を受けてくれるでしょうか」

「森下さんが結婚して実際に幸せになった様子を見せてから、結婚式には万全な体調で出席してほしいとお願いしてみたらどうだろう」

「なるほど」

突拍子もない話ではあるが、たしかに言葉だけで説得しようとするよりずっと、手術を受ける気になってくれそうだ。

しかし、だ。

「私は正直、とても助かります。でも和樹先生には、こんな結婚なんのメリットもないのでは?」

「メリットはある」

和樹は力強く言った。

「まず俺は、森下先生にぜひ安心して手術を受けてもらいたいと思っている。先生は、俺の原点なんだ。だから是が非でも健康で長生きしてほしい」

理由がそれだけでは納得できなかった。和樹が宗治のことをとても尊敬してくれているのは知っているが、ひとりの患者のためにそこまでするものだろうか。

佳菜が納得していないのを表情で悟ったのか、和樹は続けた。

「先生は、手技が優れていただけじゃない。ものすごくお忙しかったのに、後進の育成に誰よりも熱心だった。俺が先生のいた病院に実習に行ったとき驚いたのが、地域の中高生に医療の現場を見学させていたことだ。病棟や診察室、それにモニターから先生が心臓を手術しているところまで見せていた」

「えっ……!」

せいぜい聴診器を使わせるくらいだろうと想像していた佳菜は驚いた。

「親が医者だったり、漠然と将来金持ちになりたいから医者を目指そうかと考えていたりした学生たちの目が別人みたいに輝くのを俺は見た。先生のおかげで本気で医者を志すようになった学生は大勢いるだろう」

　和樹は真剣な表情で語り続ける。

「俺も受け入れ態勢が整えられたら、同じことをしたいと思っている。たくさんの学生や患者さんたちの人生を変えてきた、本当にすごい人なんだ。先生は」

「祖父がそんなことを……」

　仕事の話はしない人だから、全然知らなかった。

「俺個人としても、独身でいるとわずらわしいことがいろいろあって。昨日の終業後もひと悶着あって、帰りが遅くなってしまった」

　佐藤に告白された件について言っているのだろう。

「べつに独身主義というわけではないから、告白してきた女性といままで何人か付き合ってみたんだが、初めは仕事に集中したいという俺の気持ちに理解を示してくれていても、皆だんだんと放っておかれることに不満を漏らすようになって、重くなってしまった」

「ああ……」

それはわかる気がした。付き合ってもらえるならなんでもいいと最初は条件をのんでも、実際に放っておかれると寂しくもなるだろう。

「俺には恋愛関係を結び、愛情を育む時間はない。院内でゴタゴタするのももうたくさんだ。だから、とにかく既婚者という肩書きが欲しい」

「な、なるほど」

たしかに藤本兄弟はどちらもかっこいいし将来性もあるのに、ロッカールームでの噂の的は和樹ばかりで、それは彼が独身だからだ。

和樹と結婚したがる女性は、いくらでもいる。

それでもよく知りもしないはずの佳菜と結婚したがるのは、仕事第一主義の彼にとってそれだけ恋愛はわずらわしいものだからなのだろう。

佳菜なら、和樹に対して恋愛感情は抱いていないし、それでいて彼と結婚するメリットを持っている。

「俺は嘘が下手だし、森下先生に結婚したふりはたぶん通用しないだろう。だから本当に結婚しよう。そして先生が完治したとき、改めて結婚生活を続けるのかどうか考えないか。とにかく、時間があまりない」

「そう、ですよね」

和樹は告白してきた相手に『恋人がいる』などと適当な嘘がつけないほど、正直な人だ。佳菜としても、できるだけ宗治に嘘をつきたくはない。

時間があまりないのもその通りだ。手術は早ければ早いほどいい。

和樹がじっと見つめてくる。

佳菜はその目を見つめ返した。

恋愛的な意味で和樹を好きなのかと問われれば、まともに話したのが昨日からなのでよくわからない。

ただ、ひとりの医師として、彼をとても尊敬しているのは確かだ。

結婚しようと言われ、もちろん驚きはしたものの、嫌だとは思わなかった。

和樹は優しく、真面目な人だ。そして佳菜は、彼が尊敬している宗治の孫だ。

結婚すれば、基本的に放っておかれるのだとしてもきっと彼なりに大事にしてくれるだろう。たとえそこに愛はなくとも。

それに和樹が言うように、結婚したからといって、生涯添い遂げるといまから覚悟することもない。

宗治の手術が終わって無事完治したときに、改めてふたりでどうするのか考えればいい。

これは、お互いの利益のための、契約結婚なのだから。

「――わかりました」

佳菜は覚悟を決めた。

「それじゃ……」

「はい、よろしくお願いします。私と、結婚してください」

佳菜は深く頭を下げた。その向かいで、和樹も頭を下げてくれたのがわかった。

第三章　結婚の報告

翌々日の日曜日の夕方。

揃《そろ》って非番だった佳菜と和樹は、私服で宗治のもとに向かった。

隣を歩いているジャケットを羽織った和樹の端正な横顔を、ちらりと見上げる。

一昨日《おととい》は突然のプロポーズに驚きながらも勢いで了承してしまったけれど、本当にそれでよかったのだろうかといまさらながら心配になってくる。

なんといったって相手は、皆が憧れている心臓血管外科のエース、藤本和樹先生なのだ。

宗治もだが、藤本病院の職員全員がひっくり返るほど驚くだろう。佳菜自身だって、プロポーズからふた晩経っても和樹の妻になる実感なんて全然湧いていない。

いくら恋愛感情のない打算的な結婚で、生涯添い遂げることはないとはいえ、本当にいままでほぼ面識がなかった彼とともに暮らしていけるのか心配だ。

心の整理がまったくつかないうちに、宗治の病室の前に着いてしまった。

和樹がドアを二回ノックして、返事を聞いてから病室に入る。

「おや、佳菜。先生も」

宗治はベッドの上に身を起こし、佳菜が昨日差し入れした文庫本を読んでいた。

「顔色いいね、おじいちゃん」

佳菜は宗治の枕もとの丸椅子に座った。その隣に和樹も腰掛ける。

「おお、絶好調だ。おかげで暇でしかたない」

「その様子なら、予定通り明日には退院できそうですね」

そう言った和樹を、宗治は少し不思議そうな顔で見ている。

和樹がスクラブも白衣も着ていないからだ。

「先生、今日はお休みかい？」

「はい。今日は医師としてではなく、ひとりの男として森下先生に面会しに来ました」

スーツ姿の和樹が言う。

和樹は落ち着いた様子だが、佳菜はもう、自分の方が頻脈で入院になるんじゃないかというくらい心臓バクバクだ。

祖父はどういう反応を示すだろう。

当然驚きはするだろうけれど、それ以前に、突然結婚するなんて、信じてくれないかもしれない。いきなりばかなことを言うなと叱られる可能性も高い。

佳菜だってまだ信じられない思いなのだ。正直、一昨日は和樹の落ち着いた語り口調に流されたところもないとは言えない。

「それは、どういう……？」

宗治は訝《いぶか》しそうに首をかしげた。

「佳菜さんと、結婚させてください」

和樹は両膝に拳を置いて、頭を下げた。

その隣で、佳菜はスカートをぎゅっと握る。

「……は」

宗治の口から、空気が漏れるような音がした。

そのまま口をあんぐりと開けて、固まってしまっている。

「佳菜さんと、結婚、させてください」

「いや、聞こえなかったわけじゃない。……え？　先生が？　佳菜と……結婚⁉」

宗治が途方に暮れたような顔で、佳菜の方を向く。頭の中がクエスチョンマークでいっぱいなのがよくわかる。

「うん、あの……突然で驚いただろうけど、そういうことになって……」

「許していただけないでしょうか」

「いや、許すもなにも……君ら、そういう雰囲気だったか？」

「森下先生が驚かれるのも無理はありません。私と佳菜さんは、交際していたわけではないので」

「それなのに結婚するのか！」

宗治は信じられないという表情で目をぱちぱちさせた。

ふたりは結婚するにあたり、必要のない嘘はなるべくつかないという約束をした。そこから話に綻びが生じるからだ。だから、〝実は交際していた〟という嘘はつかないと決めていた。

「交際こそしていませんでしたが、私は以前から佳菜さんの熱心な仕事ぶりを尊敬し、好意を抱いていました。そこへ今回のことがあり、森下先生が望んでいるのなら結婚を先延ばしにする意味はないと思い、交際を申し出るのではなく求婚させていただきました」

和樹の言葉を聞いた宗治がまだ訝しげな顔なのを見て、佳菜はとっさに言う。

「私、おじいちゃんにお寿司屋さんで『好きな人くらいいる』って言ったじゃない。それ……和樹先生のことだったの」

「そうなのか？」

寿司屋で嘘をついておいてよかった。

「同じ病院で働いているから、違う科でも和樹先生の評判はいつも聞いていたし、とっても尊敬していたの。それでたしかに急なプロポーズでびっくりしたけど、喜んでお受けしたんだ」

同じ職場というのはこの場合強い。お互いの仕事ぶりを知っているから、交際をすっ飛ばしてもなんとか本気で結婚したいのだという話に説得力が出る。

「おじいちゃん、ずっと私に早く結婚しろって言ってたじゃない。和樹先生が相手じゃ不満なの？」

「不満……てことはないが、しかしなあ……急すぎて、こう、実感が……」

宗治はまだ半信半疑という感じだ。無理もない。佳菜だってそうなのだから。

しかし、少しでも早く宗治に心臓手術を受けてもらうためにも、ここはなんとしてでも納得してもらわないとならない。

「先生のご両親にはもう話したのか？　そちらはどうおっしゃってるんだい？」

宗治が和樹に尋ねた。

「佳菜さんは藤本で働いてくださっているナースであり森下先生のお孫さんです。父も母も、うちにはもったいないようなご縁だと大喜びしてくれています」

「そうか……」

和樹の言ったことは本当だ。今日ここに来る前に、和樹と佳菜は和樹の実家にふたりで挨拶してきた。

藤本総合病院から車で十分ほどのところにあるその家は、和樹の曽祖父が建てたという見事な日本家屋だった。

佳菜だって、医師だった祖父に育てられたので金銭的に苦労してはいない。それでも代々病院を経営している家は格が違うなと思い、とても緊張した。

和樹が前もってどういうふうに話してくれていたのかわからないが、和樹の両親は佳菜を大歓迎してくれた。

独立して近くに住んでいる和樹の兄夫妻も三歳になる女の子を連れてきていて、皆で楽しく談笑した。

お兄さんには、帰り際にこそっと『もうわかってるかもだけど、あいつ外では完璧だけど、自分をないがしろにしがちなんだ。だから、何卒よろしく頼みます』と言われた。

お兄さんの言うことはわかる気がした。仕事第一で、そのために契約結婚まで考えるような人なのだ。きっと自分の身の回りにはあまり気を配っていないだろう。

佳菜にどこまでできるかはわからないけれど、家ではなるべくくつろいでもらえるようにしようと心に決めた。

「藤本先生のご家族がそう言ってくださっているのに、俺が反対するわけにはいかないわな」

自分に言い聞かせるようにそう言って、宗治はベッドの上で正座をした。

「ふつつかな孫ですが、精いっぱい、いい子になるよう育てたつもりです。どうぞ……よろしくお願いいたします」

宗治が深く頭を下げた。

「おじいちゃん……」

罪悪感で、ぎゅっと胸が痛んだ。

宗治は佳菜の幸せを強く願っている。しかしこの結婚は、宗治に心臓手術をしてもらうための、愛のない契約結婚なのだ。

佳菜はちらりと、隣にいる和樹を見た。

和樹の表情からうしろめたさは感じられなかった。

「こちらこそ、まだまだ至らないところの多い男ではありますが、全力で佳菜さんと幸せになりたいと思っています。どうぞよろしくお願いいたします」

頭を下げた和樹の顔は真剣そのもので、佳菜は面食らった。

これでは本当に愛されていると錯覚してしまいそうだ。

そこへ、トントンとノックの音がする。

「はい」

外科の看護師かと思い返事をすると、引き戸が開き、ついさっき和樹の実家で会ったばかりの院長が顔を出した。

「失礼いたします」

「父さん？」

和樹も院長が来ると知らなかったらしく、驚いた顔をしている。

佳菜は立ち上がって、宗治に一番近い場所を院長に譲った。

「はじめまして、私、藤本総合病院の院長を務めております藤本正和《まさかず》と申します。森下先生が入院されているとも知らず、ご挨拶が遅れて申し訳ありません」

「私をご存じで？」

「外科医で先生を知らない者はいません」

おじいちゃんってそんなにすごい人だったんだ、と佳菜は改めて思った。

「このふたりが結婚するという話はお聞きになりましたか」

宗治が尋ねる。

「はい。私どもの息子は、見ての通り真面目だけが取り柄みたいな男ですから、もしかしたら一生結婚できないのではと危惧しておりました。それがこんなに素敵なお嬢さんとご縁があるなんて……妻ともども、大喜びしております」

院長は満面の笑みを浮かべた。

こちらも本当に喜んでくれているようで、佳菜はまた罪悪感で胸が痛くなる。

宗治の手術が無事終わったら、結婚生活を維持するかどうかまだわからない。

いくらも経たないうちに離婚します、となったら、宗治も院長夫妻もどんなに悲しむだろう。

やっぱり、愛のない結婚なんてするべきではないのではといまさら思う。

「それで、あの……結婚式なのですが」と院長が話を切り出す。

「私どもの仕事の関係で、ある程度の規模の式を挙げさせていただけたらと思っています。ああ、費用はすべてこちらで持たせていただきます」

「いや、ドレス代なんかはもちろんこちらで払いますが……そうか、結婚式か。いつ頃やる予定なんだ?」

宗治が佳菜を見た。

院長が出てきたことで、この突然の結婚話が本当なのだと信じられたようで、もう訝しむ様子はない。

「春頃にできたらって思ってるけど……おじいちゃんの体調がその頃どうかだよね」

さりげないふうを装って言ったが、佳菜は緊張していた。

ここまで断りづらい状況をつくっても手術を固辞されたら、契約結婚をする意味がない。

「俺？　俺かぁ……」

宗治はぽりぽりと頭をかく。

「森下先生、和樹は若いですが腕はいいです」

院長は自信ありげだ。

和樹は口を開かなかった。ここで押しすぎるのもよくないと思ったのかもしれない。

「ううむ……」

さすがに親を前にしておたくの息子の腕が信用できないなどとは言えないらしく、宗治は気まずそうにしている。

「……少し、考えさせてください」

「もちろんです」

院長の横で、佳菜は宗治の口から少しでも譲歩する言葉が出てきたことにホッとしていた。

あとは和樹と結婚して佳菜は幸せに暮らしていると安心してもらえたら、もっと態度が軟化しそうだ。

「森下先生、今後とも末永くどうぞよろしくお願いいたします」

院長が右手を差し出す。宗治がその手を握り返す。

「こちらこそ、何卒よろしくお願いします」

固く手を握り合うふたりを前に、佳菜は覚悟を決めた。

この結婚に恋愛感情はない。

それでも、宗治や院長からは誰よりも幸せな夫婦に見えるよう全力でがんばろう。


ふたりの結婚のニュースは、光の速さで病院中に伝わった。

翌日のナースステーションで、佳菜はさっそく同僚たちに囲まれた。

「いやあ……今年一番の衝撃的なニュースだよね。まさか森下さんが和樹先生と結婚するなんて」

先輩看護師の田辺《たなべ》鈴奈《れいな》は、いまだに信じられない様子だ。

今年で三十歳になる鈴奈は、仕事ができて、すらりと背が高くスタイルがいい。その上かなりの美人なものだから、佳菜はひそかに鈴奈に憧れていた。

「だってそんな気配、みじんもなかったもん」

みんながうんうんとうなずく。

そりゃそうだと佳菜は思った。隠していたのではなく、そもそも交際している事実がなかったのだから。

「どうして昨日の今日でみんな知ってるのか、私もびっくりなんですけど……」

「昨日の午前中、院長が小児科に来たんだよね」

鈴奈が言った。

「え、そうだったんですか」

「それで、森下さんのことをあれこれ聞いていったの。たぶん小児科のドクターとも話をしていったんだと思うよ」

昨日の午前中ということは、和樹とふたりで家を訪ねる前だ。身辺調査というほどではないが、サッと評判を確認するくらいはされていたらしい。

「感謝してよねー、真面目で仕事熱心で患者さん思いで、あんないい看護師はそうそういないって褒めちぎっておいたんだから」

早川愛理《はやかわあいり》が胸を張った。

ショートカットで活発な印象の愛理は佳菜の同期で、とくに仲がいい。

「あ、ありがとう……」

なんだか恥ずかしくて、顔が熱くなる。

みんなにこにこ笑っている。小児科の仲間たちは、ものすごく驚きはしたようだがおおむね祝福してくれているようでホッとした。

「……だけどね、他科の人たちまでもれなく手放しで祝福してくれてるとは思わない方がいいよ」

愛理が声量を落として言った。

彼女は他科の看護師にも友達が多く、院内の噂に詳しいのだ。

「さすがにそこまでは思ってないけど」

「とくに心臓血管外科。ついこの前和樹先生に振られた佐藤さんなんか、急に現れて和樹先生をかっさらっていった佳菜のこと、おもしろく思ってないのが丸わかり」

「ああ……」

佐藤の気持ちになれば、そんな話聞いてないよと思うだろう。

佐藤と仲のいい看護師たちが、佳菜のことを許せない気持ちになってしまうのもわかる。

ひそかに愛を育んできた結果として結婚するわけではないと知っているのは、和樹と佳菜だけなのだから。

もしこの結婚のせいで、心臓血管外科のチームワークによくない影響があったらどうしよう。

いままでそんなふうに考えていなかったが、急に不安になる。

「森下さん」

不安は顔に出ていたらしく、先輩看護師の鈴奈にポンと肩を叩かれた。

「おじいさんが心臓血管外科にかかっていらっしゃるから、気になるのはわかるけど、気にしすぎるのは彼女たちに失礼だよ。みんなプロなんだから、たとえ心の中でおもしろくない思いをしていようと、仕事はきっちりしてくれるって」

「そう……ですよね」

佳菜は素直に反省した。

「それで、結婚式はどうするの？」

鈴奈が尋ねてきた。

「婚姻届は近いうちに出して、式は春くらいって考えてます……祖父の病状が落ち着いてからかなって」

「ああ、そういえばおじいさん、まだ入院してるんだっけ」

「今日退院なんです」

「え、行かなくていいの？」

「さっき病室に顔出したんですけど、ひとりで帰れるからしっかり働けって追い出されちゃいました」

タクシーで帰るというし、付き添わなくても大丈夫だろう。

「結婚式かあ……いいなあ、藤本病院の院長の息子だもんね。きっと豪華なのやるんだろうなあ」

「結婚式には呼んでよね。あ、でも全員呼んだら、小児科がカラになっちゃうか」

同僚たちはきゃっきゃと楽しそうだ。

春までこの結婚が続いているかわからないと佳菜が思っているなんて、考えもしないだろう。

「おはようございます。さ、ミーティングしますよ」

師長がナースステーションに入ってきた。

佳菜たちは気を引きしめて、頭を仕事モードに切り替えた。

「みんなおはよう！　もうご飯食べたかな？」

朝食の時間が終わった頃、佳菜は小児科病棟の病室を見て回った。子どもたちそれぞれの食事の摂取量をチェックするためだ。

おなかが減らない、食欲がないなど食欲不振を訴えてくる患者は少なくない。

入院中は動かないからどうしても運動不足になるし、お見舞いでもらったお菓子を食べすぎている場合もある。

病院食は薄味で地味なメニューになりがちだから、管理栄養士と相談してなるべくきちんと栄養を取ってもらうようにするのも看護師の役目だ。

「あっ、佳菜ちゃん！」

女の子たちの集まっている大部屋に入ったとき、みんながキラキラした目でいっせいに見てきて、佳菜は戸惑った。

「わ、どうしたの？」

「おはよう！　結婚、おめでとうございまーす！」

ワーッと歓声と拍手が湧きあがり驚く。

「あ、ありがとう……もうみんな知ってるんだ？」

病院の職員だけでなく患者さんにまで知れ渡っているとは、情報伝達の速さにびっくりだ。

「知らない子はいないよ。旦那さん、お医者さんでめちゃくちゃイケメンなんだってね。お母さんが言ってた」

屈託のない笑顔で言われ、どういう顔をすればいいのかわからなくなる。

子どもたちだけでなく、その親御さんにまで噂が広がっていると思うと、複雑な気分だった。

結婚するとはいえ、愛のない打算的なものだなんてことは、もちろん子どもたちには話せない。

この部屋にいるのは、退院のめどが立っていない長期入院患者ばかりだ。抗がん剤などのつらい治療を受けている子もいる。

そんな子たちが純粋に祝ってくれていると思うと、罪悪感で胸がチクリと痛んだ。

「佳菜ちゃん、これ……」

ニット帽をかぶっているこの部屋で一番小さな女の子がなにかを差し出してきたので受け取ると、カサリと音が鳴った。

「お嫁さんのネックレス、作ったの」

金、銀、赤の折り紙製のネックレスは、よくできていた。

基本的に患者さんからは、手紙や写真以外のものを受け取ってはいけない規則になっているのだが、折り紙はオーケーだろう。

「ありがとう、うれしい」

笑顔で受け取り、首にかける。

「似合う?」

「似合う、似合う」

「私も、私も!」

ほかの子たちも、ビーズでできた指輪や画用紙でできたティアラなどを次々に佳菜に手渡してくる。おかげであっという間に両手がいっぱいになった。

一度置いてこないと次の病室に回れないので、落とさないよう慎重にナースステーションへと戻る。

そこにいた愛理は、佳菜を見て「今日結婚式するみたい」と笑った。

第四章　ふたり暮らし、はじまる

婚姻届は、宗治が退院した翌日の夜に、和樹とふたりで区役所へと出しに行った。

佳菜はそのとき初めて、そういった届け出が二十四時間受けつけてもらえるのだと知った。

これから宗治はとりあえず通院して、薬を飲みながら様子を見ることになっている。一番悪かった病変には金属のチューブであるステントが入っていて、狭くなった血管を広げているとはいえ、心配は尽きない。一刻も早く、冠動脈バイパス手術に向けての検査や準備をしてほしいと佳菜は思っているが、あまり言うとより意固地になられそうなので、言わないようにしている。

宗治をひとりにしておくのが不安で、佳菜は当初、しばらくの間通い婚にしてはどうかと提案した。和樹もそれに賛成してくれたが、猛反対したのがほかの誰でもなく宗治だった。

夫婦になったというのに別々に住むやつがあるかと叱りつけられ、佳菜は数日後、追い出されるようにして長年住み慣れた実家を出た。

有休を取って引っ越した先は、和樹がひとり暮らししていたマンションだ。

病院からも佳菜の実家からも車で十分ほどと便利な場所にある高級低層マンションで、佳菜はエントランスの天井の高さにまず驚く。

それから「おかえりなさいませ」とスーツを着たコンシェルジュに頭を下げられて、さらに驚いた。

実家はごく普通の一軒家で、ラグジュアリーな住空間とは無縁だったためどうしても戸惑う。

間取りは３ＬＤＫと広く、和樹はほとんど使っていなかった部屋をひとつ佳菜にあてがってくれた。

和樹は仕事で不在だったが、彼が手配してくれた引っ越し屋は梱包からすべてやってくれる至れり尽くせりのところで、佳菜は聞かれたときに指示を出すくらいしかやることがなかった。

家財は和樹の家の方が多く揃っているため荷物は少なく、朝からはじめた引っ越し作業は午前中のうちにすべて終わってしまった。

見慣れた家具の並ぶ、見慣れない部屋を眺める。

一応仮にも夫婦になるということで一瞬迷ったのだが、ベッドは持ってきた。

祖父になにか言われるかもしれないと危惧したが、さすがにそこまでは口を出してこなかった。

結婚したという実感は、まだ全然湧かなかった。もう書類の手続きは済んだのだし、恋愛感情があろうがなかろうが、間違いなく和樹とは夫婦になったのだが。

自分のものに囲まれているからかと思い、リビングに出てみる。

応接セットはダークブラウンで統一されていて、テーブルの上にはなにものっていない。週に二度は業者に家中の掃除を頼んでいると言っていただけあって、サイドボードやその上に置かれている時計には埃ひとつない。

リビングに面したアイランド型のキッチンは、綺麗《きれい》すぎるところを見るとほとんど使われていないのだろう。引き出しをあちこち開けてみると、調理器具や食器はひと通り揃っていた。

どこでも自由に出入りしたり触ったりしていいと言われているので、その後佳菜は、家の中をざっと見て回ってみた。

玄関のシューズクローゼットは大きく、佳菜の靴を入れさせてもらってもまだ半分以上スペースが空いている。

浴室は窓があって明るく、ワイドタイプの浴槽にお湯をたっぷり入れて浸かったら気持ちよさそうだ。

和樹が普段寝ているであろう主寝室のベッドは大きく、クイーンサイズはありそうだった。多忙な外科医である彼が、睡眠を大事にしているのがよくわかる。

佳菜は、和樹と一緒にそこに横たわっている自分を想像しかけて、慌てて頭を左右に振った。

なにを考えているのだろう。

この結婚は、そういう性格のものではない。同居する以上仲よく暮らしたいとは思っているが、一般的な夫婦がするような肌の触れ合いは、する必要がないはずだ。

ひとりで恥ずかしくなり、パタパタと熱くなった顔をあおぎながらキッチンに戻る。

時刻はもうすぐ昼の十二時になるところだ。空腹を覚えたが、この家にサッと食べられるようなものはなにもない。

和樹はいつも食事をどうしているのだろう。

昼は病院内の食堂かコンビニ、夜は適当なところで外食というパターンだろうか。

家の様子からすると、朝もどこかで買って病院の休憩室で済ませていそうだ。

佳菜は基本的に朝晩自炊する。昼も弁当を持参することが多い。

特別料理が得意なわけではないが、祖母が亡くなってからはずっと自分で食事を用意してきたので、ひと通りのことはできる。ただし、祖父の好みに合わせて作っていたから、レパートリーが和食に偏り気味ではある。

食事を用意したら、和樹は食べてくれるだろうか。

もちろん緊急手術などで帰ってこられない日もあるだろうが、当面同居するにあたり、ある程度のルールはつくっておきたい。

そのあたりは和樹が帰ってきてから、話し合おう。

とりあえず、引っ越しの作業はすっかり済んだし、ほとんど空っぽの冷蔵庫を食材で埋めるため、買い出しに出かけることにした。


マンションの近所を少し歩いていると、住宅街の中にポツンと立っている雰囲気のいいカフェを見つけた。そこで一番人気だというキッシュランチを食べ、佳菜と同じくらいの年齢のオーナーに、近くにいいスーパーはないか尋ねた。

教えてもらったスーパーは、マンションから徒歩三分ほどと近く、野菜や魚が新鮮で品揃えも豊富でとてもよかった。

楽しく店内を見て回り、佳菜は大ぶりなエコバッグふたつ分の買い物をして帰ってきた。

「重っ」

ダイニングテーブルにエコバッグを置いて、ぐるぐると肩を回す。

テンションが上がって、つい買いすぎてしまった。

今晩は、特売だったブリを照り焼きにして、ポテトサラダをこしらえよう。味噌汁は、なめこと豆腐がいい。ほかにも何品かおかずを作り置きして、明日からの自分のお弁当作りを楽にしたい。

まだ時間が早いし、まずは祖父の分のおかずをいろいろ料理して届けに行こう。

佳菜が今朝まで住んでいた実家は、ここから車で十分ほどの距離にある。

佳菜は自分の車を持っていないが、バスでも十五分程度で着くので、気楽に帰れるのがありがたい。

さっそく料理をはじめようと、佳菜は張りきってエプロンをつけた。


夕方頃、保存容器に入れたおかずをたくさん持って、バスに揺られて実家に帰った。

家の外壁は何年か前にリフォームしたので綺麗だが、築三十年は経っている。

「ただいまー」

鍵を開けて家に入る。

いままではなんとも思っていなかったのに、マンションから来たせいで天井がやけに低く感じられた。

「なんだ佳菜、お前、もう帰ってきたのか」

半日ぶりに会う宗治が驚いた顔で玄関に出てきた。

「和樹くんとケンカでもしたか？」

「ケンカもなにも、まだ会ってないよ、今日は。和樹先生お仕事だもん」

「それもそうか」

「おかず持ってきた。あとはお米炊けば、二、三日はすぐご飯食べられるよ」

「おお、ありがとう」

差し出した袋を受け取った後、宗治は複雑そうな顔をした。

「佳菜……お前、こんなことしなくていいんだからな」

「え？」

「俺だって自分の飯くらいどうにでもできる。俺より和樹くんに気を使ってやれ」

「そっちはそっちでもちろんやるよ。おじいちゃんの分は、ついで」

「そうか、ついでか」

宗治はフッと笑った。

「ならいい。引っ越しは無事済んだんだな？」

「うん。広くてすっごく綺麗なマンションだよ。おじいちゃんも今度遊びに来て」

「ああ、わかった」

「体調は？　胸が痛んだりしてない？　薬ちゃんと飲んでる？」

「問題ない。そんなにじじい扱いするな」

さっさと戻れとばかりにシッシと手を振られ、佳菜は家に上がらず退散した。


時計の針が午後八時を回った頃。

玄関の方からガチャッと扉の開く音が聞こえてきた。

広々としたキッチンは使いやすく、夢中で料理していたからあっという間だった。

もともと好きな料理が、もっと好きになれそうだ。

おかずも汁物も皆おいしくできたと思う。早く和樹に食べてもらいたくて、わくわくしてくる。

廊下を歩く音がして、少ししてリビングのドアが開く。

スーツの上にコートを着た和樹が帰ってきた。

「おかえりなさい」

エプロン姿のまま笑顔で言った佳菜を前に、和樹は一瞬固まった。

「……た、だいま」

この間はなんだろう、と少し不思議に思う。

「どうかしました？」

「いや、なんでもない」

和樹はすぐに普段の調子を取り戻した。

「ご飯できてますよ。それとも先に、お風呂にします？」

言ってから、ものすごく新婚っぽいことを言ってしまったと、ちょっと恥ずかしくなる。

「食事を先に……着替えてくる」

和樹は自分の部屋へ引き上げていった。

なんとなく、引かれているような感じがする。距離感が近すぎただろうか。

一般的な夫婦ではないのだし、あまりなれなれしいのはよくないのかもしれない。

反省しているうちに、上下スウェット姿になって、和樹が戻ってきた。

佳菜はすぐに汁物を温め、ご飯をよそった。食事せずに待っていたので、自分の分も用意した。

和樹は立ったまま、夕食の並んだ食卓をしげしげと眺めている。

「すごいごちそうだね」

心底感心したという様子で言われ、佳菜は照れくさくなった。

「品数が多いだけです。そんなに手はかかっていないんです」

明日からのために作り置きをいろいろしておきたかったから、少し張りきってしまった。

エプロンをはずし、和樹と向かい合って食卓に着く。

「いただきます」

和樹が両手を合わせてから、ブリの照り焼きを食べはじめた。

佳菜は少し緊張した。彼の口に合えばいいのだが。

「ん、おいしい」

口もとをほころばせてそう言われ、ホッとした。

「よかったです」

ふたりはしばらく無言で箸を進めた。

半分ほど食べたところで、ふと和樹が口を開く。

「ふたりで生活していくためのルールを決めた方がいいと思うんだ、ある程度」

「ルール、ですか」

それは佳菜も思っていた。

「たとえば食事の件だと、今日はわりと早く帰ってこられたけど、もっと遅くなる日も当然ある。『遅くなる』と連絡すらできないことも、少なくないと思う」

「私も、夜勤で夜いないときがあります」

「そうだよな。だから八時なら八時と決めて、その時点で帰ってきていなかったらお互い待たずに食事してしまおう」

「はい、わかりました」

料理をしても和樹の帰りが遅くなったら、ラップをして冷蔵庫にしまっておけばいいし、翌朝を過ぎても食べられないようなら、佳菜のお弁当に入れたっていい。

「料理も、いならないでどうにでもするから、あまりがんばりすぎないでくれ。俺は簡単なものしか作れないし」

「お昼ご飯にはいつもお弁当を持っていっているのと、祖父におかずを届けたいのもあるので、料理は毎日すると思います。和樹先生に食べられない日があるのはわかっているので大丈夫です」

「……和樹先生か」

和樹がぼそっと言った。

「はい？」

「夫婦でその呼び方は、少々おかしくないだろうか」

「あ……そっか、そうですよね」

言われるまで気がつかなかった。たしかにこの呼び方では、周囲から夫婦としてうまくいっていないように見られてしまいそうだ。

「お互い、下の名前で呼ぶことにしよう。佳菜」

「は、はいっ」

ぶわっと顔が赤くなったのがわかった。

和樹のいい声で呼び捨てにされると、破壊力がすごい。毎日呼ばれれば慣れるのだろうか。

「はい、次は佳菜の番」

そう促され、一瞬どう呼んだものか迷う。まさか呼び捨てにはできない。

「ええと……和樹……さん？」

おずおずと〝さん〟づけで呼んでみると、和樹が胸を押さえて黙った。

「あの、どうかなさいました？」

「……なんでもない」

佳菜も下の名前で呼ばれるのはまだ慣れない。

気恥ずかしいような、甘酸っぱいような妙な空気が食卓に漂う。食事を取る手は、ふたりともさっきから止まっている。

「そ、そうそう、好き嫌いはありますか？　苦手な食材や料理があったら、いまのうちに聞いておきたいです」

空気を変えたくて、佳菜は明るい声で言った。

「苦手なものはないよ。なんでも食べられる。とくに好きなのは和食かな」

「了解です。和食なら任せてください」

会話が途切れ、ふたりしてまた箸を動かしはじめる。

食卓の上の皿を見ると、和樹はまんべんなくすべてのおかずに手をつけてくれているようだ。魚の食べ方も綺麗で、佳菜は好感を持った。まだこの結婚がどうなるのかはわからないが、食事の面では、うまくやっていけそうだ。

「今日は引っ越しの手伝いができなくてごめん」

「いえ。和樹さんが手配してくださった引っ越し屋さんが梱包からなにからすべてやってくれたので、私はすることがなかったくらいです」

和樹はリビングやキッチンの方を眺めた。

「本当にこの家に引っ越してくる形でよかったのか？」

リビングにもキッチンにも、佳菜の選んだものがまったくないのを気にしての言葉だろう。

和樹の気持ちはありがたい。

しかし佳菜としては、いつまで続くのかもわからない結婚生活のために、わざわざ新居を買ったり家具を一から揃えたりするなんて、恐ろしくてできない。

「全然問題ないです。べつに遠慮してるわけじゃないですよ。素敵なおうちなので、なんの不満もないだけです」

「それならいいが……部屋はどう？　狭くはなかった？」

「狭くないです、実家で使っていた部屋よりずっと広いです」

「そうか」

和樹はホッとしたように微笑んだ。

食事が終わると、和樹が食卓から皿を下げるのを手伝ってくれた。

下げた皿は、サッと流してビルトイン食洗器に入れていく。実家で使っていたものより大容量なのがうれしい。

食事の後は、お風呂を沸かして順番に入った。

後に入った佳菜は、お気に入りのふわふわしたルームウエアを着てから、すっぴんで洗面室から出ていいものかしばし迷う。

結局、色なしのフェイスパウダーを軽くはたいてリビングに戻ると、和樹はソファに座って医学雑誌を読んでいた。

「お風呂いただきました」

佳菜は冷蔵庫からミネラルウォーターのペットボトルを出し、グラスに注いで口にする。

時刻は午後十時を過ぎたところだ。

寝るにはまだ早いが、いきなり隣に座るのも気まずい。

少し考えてから、テーブルの角に沿って置かれているひとり掛けのソファに腰を落とした。

「朝は、いつも何時頃出ていらっしゃるんですか？　ご飯はどうしましょう」

「仕事の日は、だいたい七時半には家を出ている」

佳菜が日勤で家を出る時間より三十分は早い。

「俺に合わせてくれなくていいよ。いつも朝は適当に、コンビニで買ったりして済ませてるから」

「いえ、私も普段六時には起きてますから、簡単なものでよかったら作りますよ。一緒に食べたいですし」

夕食は毎日一緒というわけにはいかないだろうから、せめて朝だけでもなるべく同じ時間を共有したい。

そうすることで、形からでも少しずつ夫婦というものに近づいていける気がした。

「……うれしいよ」

和樹がはにかんだように笑った。

その表情がいままで見た彼の笑顔とは全然違って見えて、ドキッとした。

「ところで――」

不意に左手を取られた。体に触れられるのは初めてで、ビクッと震えてしまう。

「か、和樹さん？」

顔の前に手を持っていき、まじまじと見つめられる。

手には自信がないので、ちょっと恥ずかしい。

肌があまり丈夫じゃない上に、仕事柄しょっちゅう手を洗ったりアルコール消毒したりしているせいで荒れ気味なのだ。爪は短いし、ネイルだってしていない。

「あの……そんなに見ないでください」

「どうして?」

「綺麗な手じゃないから……ガサガサだし、爪だって……」

「働き者の、綺麗な手だよ」

真顔で褒められてリアクションに困り固まる。

それにしても、急にどうしたのだろう。

「いや、結婚指輪を作らなきゃなと思って」

「ああ……そうですね」

夫婦らしさを出すためにはあった方がいいのだろうけど、ふたりとも仕事中は指輪をはずさなければいけない。つけたりはずしたりしていたら、なくしてしまいそうで怖い。

それに、この結婚がいつまでも続くものなのか、佳菜は確信が持てずにいた。

彼なりに、佳菜を大事にしてくれようとしているのは伝わってくる。佳菜も佳菜なりに、和樹を大事にしたいと思っている。

それでも、結婚した当初の目的である祖父の手術が無事に終わったら、お互いがお互いをどう思っているのかはわからない。

「次の休みに、一緒に買いに行こう」

「えっ」

「えっ、て。嫌か？」

「嫌ということはないですが……」

無駄になるかも、とは言いづらい。

「それじゃ、決まりだ」

いい笑顔で言われてしまい、佳菜はそれ以上なにも言えなくなった。


二日後の昼過ぎに、ふたりは和樹の運転するシックなセダンで銀座《ぎんざ》にやって来た。

「ここは……」

店の前で、佳菜は完全に尻込みしていた。

とくに希望するブランドはない、と言ったら、佳菜からしたら考えられないようなハイブランドの店に連れてこられたのだ。

ジュエリーに詳しくない佳菜でも、海外のセレブたちが愛用していると聞いたことがある。

「俺はこういうのに詳しくないんだけど、親も兄貴夫婦もここで結婚指輪を作ったって言ってたから、きっといいものなんだと思うよ」

そりゃあいいものでしょうねと笑顔を引きつらせていたら、入口に立っていたドアマンが扉を開けてくれた。

和樹に手を引かれて、中に入る。人前で触れ合うのは初めてで、くすぐったい気分になる。

店内は吹き抜けになっていて、シャンデリアがきらめくその下で、ショーケースに並べられたジュエリーがキラキラと光っている。

「いらっしゃいませ」

髪をうしろできちんとまとめた、品のよい三十代後半くらいの女性が、恭しく頭を下げた。

「十一時で予約した、藤本です」

「藤本様ですね、お待ちしておりました。お二階へどうぞ」

案内されて、螺旋《らせん》階段を上ると、ショーケースと接客スペースがいくつか並んでいて、佳菜たちのほかにもふた組先客がいた。

落ち着いて選べるよう配慮されているらしく、応接セットは適度に距離を空け、それぞれが視界に入らないよう角度をつけて置かれている。

案内された一番奥の席に、和樹と並んで座った。

「本日は、ブライダルリングということで承っておりますが、デザインのご希望などございますでしょうか」

「どんなのにしようか」

佳菜は自分なんかがここにいていいのかと、少々居心地の悪い気分でいるのだが、和樹は楽しそうだ。

「婚約指輪を作ってないし、どうせ仕事中はできないんだから、ちょっと豪華な感じのはどうだろう」

「それですと……少々お待ちください」

店員が席を立つ。手袋をはめて、部屋の中央にあるショーケースの中からいくつか指輪を選んで取り出し、リングピローにのせた。

「このあたりなど、いかがでしょう」

テーブルの上にリングピローが置かれる。

「わあ……」

佳菜は思わず声をあげてしまった。

それらの指輪は、結婚指輪と聞いて一般的にイメージするようなシンプルなプラチナリングではなく、リング幅のダイヤがぐるりと一周取りつけられている。

シャンデリアの照明を反射して、指輪全体がキラキラと光って見える。

ちょっと豪華、なんてものではない。

「どう?」

にこにこしながら聞かれたが、佳菜は完全に引いていた。

あまりにまばゆくて、これではとても普段使いできない。

「えっと……もう少し、シンプルなのがいいかなって」

「そう? ああ、でもその方が飽きないか」

「そうしますと、こちらなどいかがでしょうか」

改めて見せられたものは、ダイヤの数がさっきの三分の一以下に減り、つるりとしたプラチナの部分は緩くウエーブを描いている。

素敵だな、と素直に思った。

これだってずいぶん豪華なのだが、初めに見せられたものと比べたらずっとシンプルだ。

「はめてみたら? いいですか?」

「もちろんでございます」

微笑む店員の前で、和樹がリングピローから指輪を手に取る。

「あ……」

左手を持ち上げられ、出かけるからと今朝マニキュアを塗った薬指に、少しサイズの大きい指輪が通されていく。

少し荒れた肌が、指輪のおかげで綺麗になったように見えて、自分の手ながら見ていてうっとりした。

「素敵……」

「いいな、これ。これにしようか」

和樹が満足げにうなずく。

佳菜もうなずきかけて、ハッとした。

流されそうになったが、これだけダイヤのついた指輪だ。値段を聞かなくても、ポンと払えるような金額のものではないことは宝飾品に詳しくない佳菜でもわかった。

しかし動揺しているのは佳菜だけで、和樹と店員は和やかに商談を進めている。

左手が重くなったように感じた。

でも高いからやめましょうなんて言えない。それでは、和樹の顔をつぶしてしまう。

宗治の手術が無事終わって、婚姻関係を続けている理由がなくなったら必要がなくなるかもしれないものに、そんなにお金をかけていいものだろうか。

不安と焦りで、冷や汗が出てきた。

その間にも指のサイズを測られ、指輪の内側に刻印する文字や記号、埋め込む宝石などが決められていく。

どうしよう、どうしようと思っているうちにすべてが決まり、気づいたときには笑顔の店員に見送られて店を出ていた。


どこかで軽くお茶でもしていこうということで、少し歩いて、高級ブティック内の高層階にあるお洒落なラウンジにやって来た。

そこでは老舗の有名洋菓子店のケーキを出していて、和樹の好物が味わえるのだという。

席に着き、ケーキセットをふたつ頼むと、店員がいま店にあるケーキを全種類ひとつずつのせたトレーを持ってきて、好きなものを選ばせてくれた。

「俺はこれで」

ほとんど迷わず和樹が指さしたのは、普通のスポンジとココアスポンジをモザイク状に組み合わせて、表面にチョコレートを塗ったようなケーキだった。

「子どもの頃から、ここに来るといつもこのケーキを頼むんだ」

そんなにおいしいのだろうかと、佳菜も興味が湧いてきた。

「私も同じのにします」

「かしこまりました」

店員が去ってから、さほど待たずに、注文した紅茶とケーキが運ばれてきた。

ケーキを見て、和樹があきらかにうれしそうな表情になる。休日の彼は病院にいるときより表情が豊かで、見ていて楽しくなる。

佳菜はダージリンをひと口飲み、さっそくケーキを口に運ぶ。

しっとりとしたスポンジの間に薄くクリームが塗ってあり、とてもおいしい。

「それにしても、まさか一か月以上かかるとは思わなかった」

「しかたないですよ、それだけ丁寧に作ってくださるってことなんでしょうから」

指輪の納期の話だ。

ふたりのサイズに合うものを用意し、内側に文字を刻印して選んだ宝石を埋め込むには、そのくらいの時間がかかるのだという。

和樹はお金を払えばその日のうちにでも受け取れるものだと思っていたらしく、がっかりしていた。

一方佳菜はというと、一か月もすればあの高価な指輪を受け取る覚悟ができるかもしれないと思い、ちょっとホッとした。

紅茶のカップを持ち上げ、薬指を見る。仕事柄休みの日しかできないとはいえ、そこに車が買えるような値段の指輪が日常的にはまる日がくるなんて、信じられない思いだった。

「なくさないように気をつけないとな」

「家にいるとき以外は、つけはずししないようにします」

「俺は外にいるときに病院に呼ばれると危ないな。気をつける」


ふたりが同居をはじめてから、一週間が過ぎた。

佳菜は旧姓のまま仕事を続けている。

この日も朝から忙しく小児科病棟の病室を回って、検温した数値を記録していた。

「翔《しょう》くん、何度かな?」

「三十六度八分」

「はい、ありがとう」

藤本総合病院は基本的に完全看護なので、乳幼児以外の子の親は付き添っていない。

小学生も中学年になると、自分でしっかり体温を測れるようになるから助かる。

くるりと向きを変えて、ほかの子の方へ行こうとしたときだった。

「あっ、またついてるよ」

「え？　あ、ほんとだ」

佳菜は薄いピンク色のスクラブの裾を掴み、背中側を見た。

真っ赤な絵の具のようなものが、お尻の上辺りにべったりとついている。

「誰か絵の具で遊んだのかな」

「うーん、そうかもね」

佳菜は首をひねった。

この一週間でもう三度目だ。誰のいたずらか知らないが、次こそはちゃんと気づいて注意しなくては。

いま入院している全員分の体温を記録してから、一度ナースステーションに戻った。

そこにいた愛理に声をかける。

「ちょっと休憩室で着替えてくるね。すぐ戻るから」

「どうかしたの？　……って、また？」

佳菜のスクラブを見て、愛理が眉をひそめる。

「どの子がやってるのかわからないんだよね。きっと悪気はないんだろうけど、こうも続くとさすがに困るなあ」

「……本当に悪気がないと思う?」

愛理の声が低くなった。

「入院のストレスがたまってるから、とか?」

「そうじゃなくて」

愛理はもどかしそうだ。

「子どもがやってるんだったら、ベッドのシーツとかも汚れるでしょ。それに、佳菜ばっかり標的になってるのだっておかしいと思わない?」

「それは……」

愛理がなにを言いたいか、やっとわかった。

子どもではなく大人が、悪意を持ってやっているのではということだ。

心あたりはある。和樹と結婚したからだ。

とはいえ、いい大人がこんなことをするだろうかと信じられない気持ちの方が強い。

「次は、ちゃんと気づいて対処するよ」

不服そうな愛理にそう言い置いて、休憩室に向かった。

ロッカーの中から予備に置いてあったスクラブを取り出し、休憩室の奥にある更衣室に入ってカーテンを引く。

汚れたスクラブを脱いだときだった。

「森下さんと和樹先生って、全然夫婦っぽくないよね」

カーテンの向こうから自分の名前が聞こえてきて、動きを止めた。

立ち聞きしたくてしているのではないが、なんとなくうしろめたい。

「まじそれ」

「森下さんが仕事は旧姓のまま続けるのはわかるし、指輪してないのは病院勤めだからしょうがないとして、この前廊下でふたりで話してるの見かけたんだけど、めちゃめちゃよそよそしかったよ。ただの業務連絡って感じで」

おそらく佳菜の帰りが遅くなりそうだから、夕食はそれぞれで取りましょうと言いにいったときのことだろう。

私用のスマートフォンは業務中は使えないので、私的な話がしたかったら直接会いに行くしかない。午後八時を過ぎたら、お互いそれ以上待たないという約束はしているが、それまで待たせてしまうのが忍びなかったのだ。

それで昼休みにサッと話しに行ったのだが、裏目に出た。

病院にいるときの和樹は、たとえ妻と話すときだろうと真面目でクールな顔しか見せない。

「なんで結婚したの？って思っちゃう。ああいうの見ると」

「わかる。まあ、院内でイチャイチャされても、それはそれで困るんだけどさ」

「わー、見たくなーい」

話をしていたふたりが休憩室を出ていっても、佳菜はすぐには動けなかった。

妬まれないのはいいことだが、〝夫婦っぽく見えない〟のはとても困る。

自分たちは、幸せな夫婦としての姿を宗治に見せて、認めてもらわなくてはいけないのだから。


翌日は、ふたり揃って休みだった。

和樹は仕事がある日もない日も、目覚まし時計が鳴る前にシャキッと目を覚まして、洗面と着替えを済ませたら、佳菜が朝食を準備している間に真面目な顔で新聞を読む。

その姿は、病院で見かけてきた和樹から想像するのと同じ感じだ。

ただ、一緒に生活してわかったことがひとつある。

家の中のことはずっとハウスキーパーに任せていたからか、ちょっとした物の場所を全然把握していない。

シャンプーのストックや風呂用洗剤がどこに置いてあるかなど、最初はいちいち和樹に聞いていたのだがわかっていなくて結局佳菜が捜すことになったし、いまではもう佳菜の方が詳しい。

普段の朝食はご飯に味噌汁、焼き魚と玉子焼きといった純和食な内容がほとんどだ。和樹はそれで不満がなさそうだが、休日のブランチには向かないかなと思い、今朝は試しにふんわりしたパンケーキにバターと蜂蜜を添えて出してみた。

すると、いままで見た中で一番幸せそうな顔をされた。

「すごい。ふわふわだ。佳菜は、パンケーキの天才だな」

「あ、ありがとうございます……」

そんな難しいものではないのに手放しで褒められ、照れてしまう。

藤本和樹という人は、オンオフがハッキリしている。そしてオフのときは、オンのときの十倍くらい表情豊かだ。

一週間ほど一緒に暮らしてみて、佳菜はそう理解した。

和樹の向かいの席で、佳菜もパンケーキに蜂蜜をかけてひと口食べる。卵を軽く泡立ててから作っているので、ふんわりととろけるような食感だ。

一緒に食事をするのはだいぶ慣れた。

最初はなにを話していいのかよくわからなかったし、沈黙が続くと気になってしかたなかったのだが、いまは会話が途切れてもさほど気にならなくなった。

結婚当初、家事を分担できないのを和樹は気にしていたけれど、佳菜は料理が苦にならないし、苦になる掃除はいままで通り週二で掃除業者に頼むことで解決した。

佳菜としては、そこそこ順調な結婚生活だと思っている。

しかし、周囲もそう思ってくれるとは限らない。昨日自分たちの噂話を立ち聞きしてしまったことでよくわかった。

「俺と暮らしだして一週間経ったわけだけど、なにか不満はない？」

和樹がふと尋ねてきた。

「不満、ですか」

「俺はあまり気のきくタイプじゃないから、なにかあれば、ささいなことでもいいから言葉に出して言ってほしい」

んー、と佳菜は顎に指をあてて考えた。

帰りが遅くなりがちなのは外科医なら当然だ。ちょっとしたものの置き場所が全然わかっていないのも、人間味があってむしろ親しみが増した。

家事をしてほしいとはまったく思っていないし、佳菜が料理したものをおいしそうに食べてくれるだけで十分、というところまで考えてひとつ思い出した。

「不満というわけではないんですが。要望というか」

「なに？　なんでも言ってくれ」

「お昼のお弁当を作ってもいいですか」

「弁当？」

予想外の言葉だったのか、和樹はきょとんとした顔をする。

「いつもコンビニのパンで済ませてるって聞いて、気になっていたんです。たいしたものは入れられませんけど、パンだけよりはましかなって思って」

「それはうれしいけど……大変じゃない？」

「いまも自分の分を用意しているので、もうひとつ増えても手間は変わりません」

「そうなんだ」

和樹は納得してくれたようだった。

「作ってくれるなら、俺はすごくうれしいよ。ただ、なければないでどうにでもするから、夜勤明けのときとかまで無理はしてほしくない」

「わかりました」

「あとは？　ほかになにかないか？　弁当のことだけだと、俺がうれしいだけなんだけど」

「ほかにですか」

少し考えて、ひとつ思いついた。

「不満ではなく、相談なんですが」

「うん、なに？」

和樹が軽く身を乗り出してくる。

仕事の日とは違いリラックスした様子だ。いまの彼を見せられれば、夫婦っぽいと思ってもらえるのだろうか。

「実は昨日――」

佳菜は更衣室で聞いてしまった自分たちの噂話を和樹に話した。

「なるほど」

聞き終わると、和樹は少し上を向いて考え込むような顔になった。

「親密そうに見えないと思われるのはたしかに困るな。俺は器用じゃないから、森下先生の前でだけ急にうまくふるまうというのも難しそうだし」

「どうしたら夫婦らしく見えるようになれるでしょうか」

「そうだな……」

和樹は迷うように視線をさまよわせた。

なにか思いついたものの、言いあぐねているという様子だ。

「なんですか？　なんでも言ってください」

そう促すと、さらに五秒黙ってから、和樹は口を開いた。

「同じベッドで寝てみる、とか」

「えっ」

予想していなかった方向からの返答に、佳菜は言葉を失う。

たしかに、一般的に夫婦というものはひとつのベッドで眠るものなのかもしれないが、自分たちはそういう関係ではないのだと思い込んでいた。

だから、引っ越しのとき自分のベッドを持ってきたのだ。

「お互い、休息をしっかり取るのも大事な仕事だし、佳菜は俺と同じベッドだとゆっくり休めないかなと思っていままで言わなかったんだけど。ふたりとも休日のときくらいは、同じベッドで眠ってもいいんじゃないだろうか」

「そ、そうですか……」

返事をした声が、裏返った。

男性と交際した経験がないとはいえ、佳菜だってもう二十四だ。

〝同じベッドで寝る〟と言われて、言葉通り同じベッドで眠ればいいんだなと無邪気に考えるほど子どもではない。

和樹がそういう面でも妻としての役割を佳菜に求めていたとは、気づかなかった。

「そんなに緊張しないで。佳菜が嫌がるようなことはしないから」

和樹が困ったような顔で笑う。

「嫌というわけでは……」

経験がないから、どうしていいのかわからない。

それと、それなりに仲よくは暮らせていると思うけれど、躊躇なく裸体をさらけ出せるほど打ち解けたかと言われると、まだそこまではいってないように思う。

「もっと具体的に言った方がいいかな。添い寝してみないか」

「あ、添い寝でいいんですか」

あからさまにホッとした顔をしてしまった佳菜を見て、和樹がおかしそうに笑う。

「とりあえずは。それじゃ、今晩さっそく、どう？」

「フフッ、わかりました」

軽い誘い方がおかしくて、佳菜も少し笑った。

その晩。

就寝する準備をすっかり整えてから、佳菜は初めて自分の枕を持って和樹の部屋を訪れた。

ドアをノックしようとしている手が、動かない。

誘われたときは、和樹の軽い言い方もあって添い寝ならと気軽に了承したものの、いざとなると緊張してきた。

和樹のベッドは広いが、添い寝という以上、端と端に寝るわけにはいかないだろう。近い距離で誰かと並んで寝たことなんて、大人になってから一度もない。

それに考えてみたら、結婚して十日以上経つというのに、和樹とはまだ手に少し触れられたくらいの関係だ。

添い寝というもののハードルの高さを思い知らされ、くるりと向きを変えて自分の部屋に帰りたくなる。

いやいやいや。それはまずい。和樹はきっと、自分を待っている。

佳菜は勇気を奮い起こして、再び拳を握った。

コンコンとドアを叩く。

「どうぞ」

中からすぐに返事があった。

「……失礼します」

扉を開けると、和樹はヘッドボードを背もたれにして座り、タブレットを見ていた。

彼はにこっと笑い、タブレットをベッド脇の引き出しに置く。

「お、お待たせしました」

「ああ。早くノックしてくれないかと思って、待っていた」

「えっ、そこにいたの、気づいてたんですかっ……！」

恥ずかしすぎる。佳菜は顔が熱くなった。

「あと一分ノックしてくれなかったら、ドアを開けに行こうと思ってた」

楽しそうに言って、和樹はかけ布団をめくった。

「さ、どうぞ」

「あ……は、はい」

両手で枕を抱きしめて、おずおずとベッドに膝をのせる。

そして和樹から三十センチほど離れたところで、布団に入って横になった。

「それは、抱き枕？」

「あ、いえ、普通の枕です……」

抱きしめたままだった枕を、頭の下に入れる。

佳菜の一挙一動を、和樹は座ったままじっと見ている。

「お、おやすみなさい」

緊張と恥ずかしさで雑談できる気がせず、佳菜はそうそうにまぶたを閉じた。

口もとまでかけ布団に潜り、完全に寝る体勢に入ったものの、まるで眠れる気はしない。

「おやすみ」

返事をした和樹の声は、わずかに笑っている感じがした。

部屋の電灯が消され、もそもそと和樹も布団に潜ってきた気配がする。

それからしばらくはふたりとも動かず、同じベッドで離れた場所に横になり、お互いの吐息の音を聞いていた。

添い寝というのは、これで合っているのだろうか。

よくわからないが、初め固くなっていた佳菜も、温かい布団の中でじっとしていると徐々に緊張が和らいできた。というか、眠くなってきた。

うとうとしてきた佳菜が寝返りを打ち、和樹に背を向ける体勢になったときだった。

うしろから腕が伸びてきたかと思うと、佳菜の体は和樹の胸に閉じ込められた。

「あっ……」

一気に目が覚めて、体が強張る。

「大丈夫、なにもしない」

「え?」

「抱き枕になってくれ」

「……抱き枕」

背中全体に、和樹の胸やおなかがあたっている。腕は片方おなかに回されている。

こんなの絶対に眠れるはずがないと佳菜は思った。それでも、彼が望むなら、朝まで抱き枕とやらを務めてもいいとも思った。

そうしているうちに、和樹の方が体温が高いようで体がポカポカしてきた。人の体温がこんなに気持ちいいなんて、いままで知らなかった。

和樹の呼吸が、うなじの辺りにかかる。

同じリズムで呼吸しているうちに、佳菜はまた眠くなってきた。

「……おやすみ」

意識が落ちる寸前、こめかみにやわらかいものがあてられたのを微かに感じた。

第五章　家族らしく

キッチンに立っている愛妻が、朝食を作りながら機嫌よさげに鼻歌を歌っている。

その歌を、藤本和樹は真面目に新聞を読んでいる体でひそかに聴いている。

佳菜は寝起きがよく、毎朝パッと起きてきては軽く身支度をして料理しはじめるのだが、手を動かしながらよくいまみたいに歌っている。おそらく本人は無意識なのだろうけれど、やめてしまっては残念なので指摘しない。

小児科の看護師だからか、歌は子ども向けの番組の主題歌が多い。なかなかうまいと、和樹は思う。

佳菜は絵もうまい。

この前、リビングで一生懸命最近流行りのアニメキャラを描く練習をしていたから横から覗《のぞ》いて見たら照れていたけれど、本物そっくりだった。

そういう絵は、絆創膏に描いておいて、点滴の管を止めるときや注射の後に貼るのに使うのだという。そのひと手間で子どもが泣きやんだり、喜んだりするのだと言っていた。

ふたりが夫婦になって、もう二週間になる。

努力家で子ども思いの佳菜は、和樹の自慢の妻だ。

佳菜がこのマンションに引っ越してきた最初の晩は、テーブルに並ぶたくさんの料理に感激して一瞬言葉を失った。

いままで付き合ってきた女性たちも料理を作ってくれたことはあったのだが、〝あわよくば結婚したい〟という願望が透けて見えて重かった。

佳菜の場合は、もう結婚しているのだし、恋愛感情からの結婚ではなかったのだから、和樹のために無理をする必要はまったくない。

それなのに朝晩食卓に並ぶ食事と昼の弁当のバランスのいいメニューからは、ただただ健康を願われていることが伝わってきて、愛おしさが湧いた。

プロポーズしたときに〝俺には恋愛関係を結び、愛情を育む時間はない〟などと言ってしまったせいか、佳菜が和樹になにかを求めるということは基本ない。

なんの連絡もなく帰りが遅くなろうが、急な仕事で休日がつぶれようが、嫌な顔ひとつしない。そのあたりは、心臓外科医だった宗治と暮らしていたから慣れているのかもしれないが。

物欲もあまりなく、贅沢を好まないのは宗治のしつけのたまものだろう。

そんな佳菜がジュエリーショップで結婚指輪を見て目を輝かせるのを見たときは、店中の指輪を全部買おうかと思った。

佳菜は宗治が路上で倒れたとき、同じ病院に勤めているとはいえ何百人もいる看護師のひとりである自分の名前を和樹が知っていたことに驚いていた。

けれど、実は和樹はずっと前から佳菜を知っている。

ふたりが出会ったのは、藤本総合病院ではない。

和樹が研修生として当時宗治が勤めていた病院に行っていたとき、佳菜が宗治に昼食を何度か届けに来ていたのを見て、笑顔が印象的でかわいい子だなと思ったのが最初だった。

もちろん、まだ高校生だった佳菜に声をかけようなんて思いもしなかったが。

いまでも覚えているのは、小学校低学年の男の子が注射を嫌がり、診察室から脱走して廊下にいた佳菜に激突したときのことだ。

低学年といっても大柄な子で、佳菜は結構痛かったと思う。

それでも泣いている子どもの話をそうかそうかと聞き、自分の鞄からノートを取り出すと躊躇なく一枚破り、サラサラとアニメのキャラクターの絵を描いた。

吹き出しに【○○くん、がんばれ】と書かれたその絵を握りしめて、男の子は半べそをかきながらもなんとか注射を受けられた。

そんな場面を見て、かわいいだけでなく優しくて機転のきく子だと思い、好感を抱いたものだ。

それから大学病院に戻り、夢中で修業しているうちに月日は経ち、和樹は二年前に藤本総合病院に移った。

院内で佳菜の姿を見つけたときは、こんな偶然があるのかと思った。

冷静に考えたら、医者の祖父に育てられれば医療職が身近に思えるのは普通だし、佳菜の実家から近くて大きな病院といえば藤本が就職先としてまず選択肢に入るのも普通なのだが。

最初はただ、佳菜の姿を見かけるとうれしくなるくらいだった。

仕事で関わるようになると、患者思いで真摯な働きぶりに心を打たれた。

和樹は大人の心臓手術が専門だから、子どもの手術はめったに手がけない。それでもゼロではなく、藤本病院に来てから三人、小学生以下の患者を手術した。いずれも川崎病《かわさきびょう》という、熱によって心臓の血管がこぶのようになる病気だ。

あるとき小児科からの引き継ぎで、担当だった佳菜が患者に寄り添って心臓血管外科にやって来た。

子どもはひどく怯えていた。心臓が苦しいことで死を連想してしまうのだろう。

佳菜は気休めは言わなかった。ただ優しい笑みを浮かべ、ぐずる子どもの手を握り、大人の患者に言うのと同じように、平易な言葉で根気よく手術の必要性を説き続けた。

子ども相手だからとごまかそうとしない、真摯な姿勢に胸を打たれた。

神の手を持ちながら、『症例ではなく、人を診なさい』と口を酸っぱくして言っていた森下先生の姿と重なる部分があるなと思った。

そんな佳菜を見て、絶対に手術を成功させねばと、和樹も自分を奮い立たせた。

それからは院内で彼女を見かけると、つい目で追ってしまうようになった。

かわいくて性格もいいとドクターの間でこっそり人気なのだと知り、心がざわついたりもした。

「和樹さん、できましたよ」

食卓から佳菜が笑顔で声をかけてくる。

かわいい。

和樹はダイニングの椅子に座り、テーブルの上の朝食に目をやった。

ご飯と味噌汁、玉子焼きにほうれんそうのお浸しと、並べられているおかずは純和風だ。昨晩の残り物の煮物も添えられている。

「いただきます」

手を合わせて、ありがたくいただくことにする。

この瞬間が、なにより幸せだと思う。

無自覚だった恋心は、一緒に暮らしはじめるとすぐ納得に変わった。

佳菜がここに引っ越してきた日の晩、リビングのドアを開けたあのときだ。

おいしそうないい匂いとともに、佳菜がなんの屈託もない笑顔で迎え入れてくれたとき、自分がストンと恋に落ちたのがわかった。

佳菜は料理がうまい。祖父と暮らしていたせいか、和食はとくにうまい。

出汁のきいた豆腐としめじの味噌汁を飲み、朝から佳菜と一緒に食卓を囲める幸せをしみじみ噛みしめる。

和樹が結婚してこんなによかったと思っているとは、佳菜は考えていないだろう。

どうも佳菜は、和樹に〝結婚してもらった〟と思っていそうなところがある。

たしかに初めは、宗治を救うためというのがこの結婚の一番大きな理由だった。

しかし佳菜への愛情を自覚したいまとなっては、結果的に和樹が佳菜の弱みに付け込んだというのが正解に近い。

もっとストレートに愛情表現をするべきなのだろうか。

でも昔から知っていたと知られたら、重い男だと思われかねない。それはつらい。

佳菜には、仕事ができてかっこいい男だと思われていたかった。

「和樹さん？　どうかしました？」

悶々と考え込んでいると、佳菜が向かいの席で不思議そうな顔をした。

「いや……次の休み、一緒だったかと思って」

「そうでしたね。どこかへ出かけましょうか」

「行きたいところはある？」

「見たい映画があるんですけど」

自分の意見をハッキリ言えるところも好きだ。

「映画か。いいね、久しぶりだ。行こう」

「まだどんな映画かも言ってないのに」

佳菜がおかしそうに笑う。

同居をはじめた当初はぎこちなかった空気が、いまではずいぶんなめらかになった。

佳菜はきっとこの結婚を、愛情のない、宗治の治療を進めるための契約結婚だと思っている。宗治の手術が無事終われば、続く保証はないと。

たしかに先走ったところはあるが、和樹は佳菜を手離すつもりなどまったくない。

一緒に暮らしてみてよくわかった。佳菜は和樹が思っていた以上に素晴らしい人だ。家など寝に帰るだけのものだと思っていた自分が、こんなに家にいる時間を愛しく思うようになるなんて、びっくりだ。

和樹の目下の悩みは、佳菜と触れ合えないのがだんだんとつらくなってきていることだ。

ふたりはまだキスのひとつもしていない。

初めは、寝室をべつにしていた。その後、夫婦っぽく見られるようになりたいという佳菜の要望に応えるような形で和樹が『添い寝してみないか』と提案したことで、基本的に一緒に休むようになったが、本当に同じベッドで眠るだけだ。

提案したときは下心からではなく、純粋に体の距離が近づけば打ち解けた空気が醸し出せるのではないかと思ったのだ。

しかし実際に添い寝してみたら、想像以上に佳菜への気持ちが高ぶってしまい、自分を戒めることが必要になった。

本当は佳菜に触れたい。でも彼女を傷つけたくはない。

結婚までの手順をすっ飛ばしてしまったぶん、体の関係は、佳菜の心の準備がすっかりできてからにしたかった。

和樹が強く求めれば、佳菜はいますぐにでもおそらく応じるだろう。

でもそれでは嫌だった。

「恋愛ものでもホラーでもコメディでも、なんでもいいよ。佳菜と観るなら」

「ホラーは嫌です。洋画のホームドラマです、観たいのは」

「了解」

ホラーは苦手なのが佳菜らしくてかわいいなと和樹は思った。


その数日後。

最寄りの映画館に行ったふたりは、佳菜がトイレに行っている間に和樹が飲み物を買ってくるということでいったん分かれた。

手を洗い、ロビーに出た佳菜は、アイスコーヒーをふたつ持って柱のところに立っている和樹を見つけた。

私服姿の夫を改めて眺める。

今日はブルゾンの下に、無地の薄いブルーのシャツを着てベージュのチノパンをはいている。

結婚して一緒に住んでいるというのに、あまりのかっこよさに驚いてしまう。

カジュアルな服を着ていても、背が高くスタイルもいいからまるでモデルのようだ。

彼の衣服を洗濯するようになってから知ったのだが、和樹はシンプルだけれどある程度値の張るものを愛用している。季節ごとにお気に入りのショップでまとめて購入しているようだ。

しかも自分で選ぶのが面倒で、なじみの店員に一式選んでもらったり、マネキンが着ているものをそのまま全部買ったりしているらしい。それがまたよく似合っている。

チラチラと、ロビーにいる女性客たちが和樹に視線を送っているのがわかる。これで彼が医師だとわかったら、その視線はさらに熱気を帯びるのだろう。

いまさらだが、自分が和樹の妻だという事実が信じられなくなってきた。

結婚当初は、こんなふうに休日を一緒に過ごすようになるとも思っていなかった。

仕事ひと筋で、愛情を育む時間はないと言っていたのは和樹だ。本当は論文を読んだり自分の研究をまとめたり、そういうことに貴重な時間をあてたいのではないだろうか。

そんなふうに考えてしまったが、いつまでも待たせているわけにもいかず、歩を進める。

和樹が佳菜に気づいてにこっと笑った。

病院ではけっして見せない、朗らかな笑顔だ。自分に気を許してくれているのがわかってうれしい。

「お待たせしました」

「いや。それじゃ、行こうか」

入場のはじまっていたスクリーンに、並んで入っていく。

客層は、映画のジャンルがホームドラマだからか、親子連れやカップルが多い。

脚が長いと窮屈なのではと佳菜は和樹の心配をしたが、いまどきの映画館は前後の座席の間隔が広いのでとくに問題ないようだった。

「それで、どういう内容？　この映画」

前情報ゼロで来た和樹が、小声で尋ねてきた。

「行方不明になった愛犬を、一家で探しに行く話です」

「なるほど」

和樹はわかったようなわかっていないような顔をしている。

佳菜にしても、好きな主演女優の演技が観たくてきた感じなので、話の内容は実はそんなによくわかっていない。

やがて場内が暗くなり、予告に続き本編がはじまった。

小学生の女の子と高校生の男の子、その両親に父方の祖父という五人組が、一台の車に乗って家から逃げ出した愛犬を探しに出る。

目撃情報を追って、テキサスからアメリカ大陸をひたすら北へと進むロードムービーだ。仲が悪いようでそうでもない家族の軽快な会話に笑わせられ、たまに顔を見せる愛犬にハラハラさせられているうちに、話は思いもよらない方向に進んだ。宿泊した安ホテルで、朝、祖父が起きてこなかったのだ。心不全で、夜のうちに亡くなっていた。

宗治を思い出し、佳菜はドキリとした。

二、三日に一度は顔を出すようにしているし、薬はきちんと飲んでいるようだけれど、こういうことが起きないという保証はない。

登場人物たちが、泣きながら動かなくなった祖父にすがりついている。映画館のあちこちからすすり泣く声が聞こえてきた。

佳菜は泣かなかった。亡くなった祖父よりも、その足もとにいつのまにか寄り添っている犬の方に気がいっていた。

「え……」

ふいに手をつながれ、佳菜は思わず小さく声を漏らす。

隣にいる和樹に視線をやると、彼はスクリーンではなく佳菜を見ていた。

客席は観客でいっぱいなのに、自分と和樹しかここにいないような気分になる。

暗い映画館の中では、彫りの深い和樹の顔立ちがさらに端整に見えてドキドキした。

やがて場面が変わったようで、明るめの音楽が聞こえてきた。和樹が前を向く。

佳菜もスクリーンに視線を戻したが、つながれた手が離されることはなかった。


その晩、同じ布団の中で、和樹がまた手をつないできた。

「映画館でも、こうしましたね」

「え？　あ、うん」

和樹は複雑そうな顔をしている。

「大丈夫だった？」

「え、なにがですか？」

「おじいさんが心臓病で亡くなる話だったから、ショックを受けてないか心配だったんだ」

それで手をつないでくれたのかと、うれしくなる。とても優しい人なのだ。

「ああ、大丈夫です。お話は、お話なので」

その辺は、佳菜はスパッと割りきれるタイプだ。だから、幼い子どもが両親を事故で亡くすような映画を観ても泣いたりしないし、自分の身に起きた出来事を重ねて引きずったりもしない。

「……佳菜は強いね」

和樹の指が、佳菜の髪を梳いてくる。

「強いというか、冷たいのかも」

「そんなことはないよ」

佳菜は和樹の胸に抱き寄せられた。

トクン、トクンと和樹の心臓が拍動する音が聞こえる。

初めて体が密着したときはどうしようかと思ったが、同じベッドで寝るたびにこうされるからさすがに慣れてきた。

こういう雰囲気は、きっと昼間でも滲み出る。

いまならきっと、前みたいによそよそしい関係だとは周囲に思われないんじゃないだろうか。

「今日は楽しかったです」

「俺も」

額にチュッと唇を押しあてられた。

くすぐったくて、でもうれしい。

このくらいの接触はたびたびするようになっていた。

もう一度、今度はまぶたに唇を落とされる。

やわらかくて、温かい感触が気持ちいい。

佳菜はまぶたを閉じ、体の力を抜いたままでいた。和樹にされて嫌なことなど、なにもないように思えた。

和樹の唇が顔から離れた。もう終わりなのかと思い、薄く目を開く。

想像したよりずっと近い位置に和樹の顔があってハッとした。

至近距離から見つめられ、おとなしかった心臓がドキドキしてくる。

「いい?」

少しかすれた声で、和樹が言った。

「あ……は、はいっ……」

返事をしたのとほぼ同時に和樹の顔が近づいてきて、唇に唇を重ねられた。

「ん……」

佳菜にとって生まれて初めての唇へのキスは、ふわっとやわらかく、とろけるような感触がした。

何度も唇を押しあてられる。和樹の右手が伸びてきて、頬を包んでくれた。幸せで、頭の中がふわふわしてくる。

いままで生きてきて、世の中の恋人たちがなぜそんなにキスをしたがるのかよくわからないでいたけれど、これは気持ちがいい。

手をつないだり、抱き合ったりするのとはまたべつの心地よさがあった。唇から足の先まで、温かいものが流れ込んできているみたいだ。

うっとりとされるがままでいた佳菜の唇を、和樹が舌先でぺろっとなめた。

「口、開けて」

言われた通り、薄く唇を開くと、その隙間から和樹の舌が入り込んできた。

「んんっ……!?」

和樹は驚いてビクッと体を震わせた佳菜の背中を、なだめるようになでた。

舌と舌を重ねられ、こするような動きをされる。そこからぞくぞくするような快感が湧き上がり、佳菜は喉の奥であえいだ。

こんな感覚は、知らなかった。

和樹の舌は、佳菜の口の中を自在になめ回し続けた。上顎をなめられたときには、じっとしていられなくて和樹にぎゅっとしがみついてしまったくらいに、感じた。しだいに頭がボーッとしてきた。酸素が足りないのかもしれない。でもいつ呼吸をすればいいのかよくわからない。

佳菜の口の端からたらりと唾液が垂れるほどになってやっと、和樹の顔が離れていった。

「大丈夫?」

「だい……じょうぶ、です……」

呼吸はままならず、唇はジンと腫れているようで、頭の中はぼやけている。

この状態を大丈夫と言っていいのかはわからないが、そう答えた。

「今日はここまでにしよう」

和樹が子どもを寝かしつけるみたいに、背中を優しくポンポンと叩く。

もともとは、誰からも夫婦らしく見えるようにするための添い寝だったはずだ。

それがどんどん体の距離が近づき、こんな口づけまでしている。

形だけの、愛情がない契約結婚でもここまでするもの?と少々疑問には思うけれど、全然嫌じゃない。

むしろ彼の唇が離れていったとき、少し残念に思ったほどだ。

この感情はなんだろう。

佳菜は彼の胸に顔をうずめて、まぶたを閉じる。

息はしだいに整っていったが、胸のドキドキは、なかなか収まらなかった。


十二月中旬。

黒いワンピースの上にウールのコートを着た佳菜は、宗治とふたりで郊外の小高い丘にある共同墓地にやって来た。

吹く風は冷たい。

森下家の墓、と書かれた墓石の下には、佳菜のご先祖様と祖母、そして両親が入っている。

今日は両親の命日だ。

墓石を綺麗に磨き供え物をしてから、宗治は目を閉じ、手を合わせてずいぶん長い間拝んでいた。佳菜が結婚したと息子夫婦に報告しているのだろうか。

その姿を見て、佳菜は自分が思ったほど両親や宗治に対してやましい気分になっていないことに気づいた。

和樹と暮らしはじめてもうすぐ一か月。最近は一緒にいることに慣れつつあった。

契約結婚とはいえ、彼といる時間はけっして冷え冷えとしたものではなく、むしろ本当に愛されているのではと思ってしまうほど温かいものだ。

形はどうあれ、いまの自分は結構幸せだと思う。

「和樹くんは、今日は仕事か？」

座ったまま、顔だけこちらに向けて宗治が言った。

「うん」

佳菜は今月のシフトを決める段階で、今日を休みにしてもらっている。

和樹は急に有休を取れるような職業ではないから、一緒に行こうと相談すらしなかった。

「それでいい。医者は生きている人間を診てなんぼだ」

「……うん」

佳菜は墓に向かって手を合わせる。

お父さん、お母さん、おばあちゃん。おじいちゃんの手術がうまくいくよう、どうぞ空の上から見守っていてください。

「佳菜。お前、いい顔になったな」

しみじみとした口調で宗治に言われ、まぶたを開く。

「え？」

「急に結婚するなんて言いだしたときは、どうなるかと思ったが。和樹くんとは仲よくやれてるみたいじゃないか」

「うん。大事にしてもらってる。……和樹さんは、私にはもったいないくらいいい人だよ」

本音だった。

契約結婚を提案されたとき想像したものと、実際のいまの暮らしは全然違う。

もちろん忙しい人だから、夕飯を作っておいても食べられなかったりすることはあるけれど、和樹が佳菜を見る目はいつも温かく、夜は宝物を扱うように優しく抱きしめてくれる。

貴重な休みの日も、自分のために使うのではなく佳菜と出かけることに費やそうとしてくれる。

結婚に恋愛感情は必要ない、愛情を育む時間がもったいないと言っていた人がだ。

契約結婚なのにこんなに大切に扱ってもらえて、和樹には本当に感謝している。

ただ、この結婚に愛はないということをときどき思い出して、小さく傷つく。

「元日は休めるって言ってたから、おじいちゃん、うちのマンションに来てよ。一緒

に お雑煮食べよう」

「おう、いいな」

ニカッと笑った宗治の歯は、全部自前だ。

歯や髪や肌など、外から見える部分の宗治は本当に若い。だから佳菜はときどき、祖父の心臓がよくないのを忘れそうになる。

早く、手術してほしかった。


墓参りの翌日、出勤した佳菜は自分のロッカーの前で立ちすくんだ。

「森下さん、おはよう――どうしたの？」

声をかけてくれた鈴奈が、佳菜の視線の先を追って顔をしかめる。

「なにこれ、ひどい」

ロッカーの扉が、べっこりとへこんでいた。まるで誰かが殴りつけたように。そのせいで扉全体がゆがんでしまっている。

「ハハ……誰か、ぶつかっちゃったんでしょうかね……」

佳菜は曖昧に微笑んだ。悪意を持ってやられたとは、思いたくなかった。

「ぶつかっただけでこんなふうになるわけないじゃない。すぐには直せないだろうから、師長に相談してロッカーの場所を変えてもらったら？」

鈴奈は眉をつり上げて唇を尖《とが》らせている。自分の代わりに怒ってくれているみたいで悲しい気持ちが和らいだ。

「大丈夫です。使えないわけじゃないですし。でも修理は頼んでみます」

「……そう？」

鈴奈はまだ不服そうだが、それ以上強く言ってはこなかった。


嫌なことは続いた。

夕方頃、両手でたくさんの書類を抱えて人通りの少ない階段を下りていたときだ。前から来た看護師三人のうちの誰かが佳菜の肩に強くぶつかった。

ロッカーのことを考えて少しボーッとしていた佳菜はとっさに反応できず、あっ、と思ったときにはもう階段を踏みはずして、したたかに腰を打っていた。

あと二段で踊り場だったから大けがにはならなかったが、左の足首を思いきりひねってしまい、佳菜は苦痛にうめいた。

「痛っ……」

「あ、ごめーん」

聞こえてきた謝罪はあまりにも軽い。

思わず振り返ったが、見えた背中では相手が誰なのかわからなかった。声に聞き覚えがなかったので他科の看護師なのだろうが、後を追うこともできない。

手に届く範囲の書類を集めて一度立ち上がろうとしたが、足首の痛さに悲鳴が出かかった。

どうすることもできず、階段に座ったままでいた佳菜を捜しに来てくれたのは、愛理だった。

「佳菜！　なかなか戻ってこないと思ったら……どうしたの？　目眩《めまい》でもした？」

「いや、ちょっと転んじゃって、足首が……」

「折れた⁉」

「骨はいってないと思う」

「すぐ整形外科の先生に診てもらった方がいいよ、待ってて、車椅子——じゃだめか、松葉杖借りてくる」

「ありがとう」

こういうとき、病院に勤めているというのはありがたい。

整形外科の医師にすぐ診てもらえて、捻挫と診断された。靱帯が切れていなかったのは不幸中の幸いだった。

診察の後もろくに動けず、戦力にならないため早退させてもらった。

タクシーで家に帰った。

整形外科で関節をしっかり固定してもらったので痛みはだいぶ引いたが、とても歩きづらい。

それでもなんとか玄関から洗面所まで歩いていって手を洗い、キッチンで紅茶を入れる。

マグカップを持ってソファに腰を下ろしてから、疲れがどっと湧いてきた。

ロッカーの件といい、今日は本当についていない。

熱いお茶が体に染みる。

お茶を半分ほど飲み、大きく息を吐くと、まぶたが重くなってきた。

ちょっとだけ。

佳菜はソファに身を横たえて、クッションを枕にして眠りに落ちた。

夢を見た。

両親が子どもの自分と目線を合わせて笑っていたから、すぐに夢だとわかった。

母の長いスカートの裾を掴み、佳菜は両親が出かけようとしているのを、必死で引き留めようとしている。しかしそれが無駄なこともわかっていた。

諦念が幼い胸に広がっていく。

両親が言う用事とやらが、自分の誕生日とクリスマスのプレゼントを買いに行くことだとは知っていた。

そんなもの、欲しくはなかった。

どこにも行かず、家にいてほしい。

しかし両親は、まるで佳菜がただわがままを言っているみたいに、困ったような笑みを浮かべるだけだ。

祖父と祖母が、佳菜を両親から優しく引き剥がす。

これは夢だ。

実際の佳菜は、居間で玩具で遊びながら、いってきますを言った両親に生返事をしただけだった。

ろくに顔を見もしなかった。

だから夢に出てくる両親は、いつだってアルバムの写真から切り抜いて張りつけたような、少し不自然な顔をしている。

目を覚ますと、カーテンが開きっぱなしの部屋は暗かった。

サイドボードの上にある時計を見ると、午後五時を過ぎている。不自然な体勢で眠ったからか、さっき階段で打った腰が痛んだ。

こきこきと肩を鳴らして、よいしょと立ち上がり、リビングの電気をつける。

和樹は、今日の帰りはそんなに遅くならなそうだと言っていた。夕飯を作らなければと思うが、メニューが全然思い浮かばない。

キッチンまでのそのそと歩いていき、冷めきった紅茶が半分入ったマグカップをシンクに置く。

オムライスでいいか。コンソメスープとサラダでも添えて。

凝ったものを用意する気分ではなかった。

エプロンをつけて冷蔵庫を開く。野菜室にあった玉ねぎを取り出し、みじん切りにする。

まださっきの夢を引きずっているようで気が晴れなかったが、何度も作ってきたメニューだから手は勝手に動く。

あとは和樹の顔を見てから卵を焼くだけ、というところまでできたとき、玄関の方からドアの開く音が聞こえてきた。

和樹が帰ってきたようだ。今日は早い。

「ただいま」

寒さで少し鼻を赤くした夫が、リビングに顔を出した。

「おかえりなさい」

挨拶をしてから、小さめのボウルに卵をふたつ割り入れて解きほぐす。

「今日はオムライス？」

「そうです」

「やった」

和樹はうれしそうに言って、いそいそと着替えに行った。

バターを溶かしたフライパンに卵液を入れて、ふんわりとやわらかいオムレツを作り、ケチャップライスの上にのせる。ナイフで軽く切り目を入れ、オムレツがとろりとケチャップライスを覆えばできあがりだ。

もうひとつ同じものを作り、スープとサラダを出してエプロンをはずし、椅子に座った。

戻ってきた和樹と向かい合って座り、手を合わせてから食べはじめる。

「おいしい」

和樹は目を細めた。口に合ったようでなによりだ。

「なにかあった？」

なにげない感じで聞かれた。

「え？」

「少し元気がない感じがして」

「ああ……」

そういえば、言ってなかった。

「ちょっと、足首を痛めてしまって」

「えっ？」

和樹の表情が、一気に強張った。慌てた様子で椅子から下り、床に這いつくばるようにして佳菜の足に手をやる。

「これは……捻挫？」

「そうです。一週間もすれば治るって、整形の先生が」

だからたいしたことないんですと続けて言ったが、和樹は険しい表情のままだ。

「どうしてこんな……」

「病院の西階段で人とぶつかって転んでしまって。ボーッとしていた私が悪いんです」

「どうしてすぐに言わなかったんだ。それに、こんなときまで食事を用意しなくていいから」

和樹は苛立ちを隠せていない。いつも落ち着いている彼のそんな様子は初めて見た。

「……ごめんなさい」

我ながら心のこもっていない『ごめんなさい』だなと思った。

正直なところ、和樹がなぜこんなに憤っているのか、ピンときていない。

「いや……謝ってほしかったわけじゃない」

和樹はもどかしそうにしている。

「和樹さ――」

名前を呼びかけて、やっぱりやめた。なにを言えばいいのか、わからなかった。

そこからは会話が途絶え、ひどく気まずい空気の中での食事となった。


その晩も、佳菜は和樹のベッドに向かった。

正直気は進まなかったが、初めて添い寝した夜からずっと一緒に眠っているし、気まずい雰囲気を引きずったまま日をまたぎたくはない。

入浴を済ませ、軽く身支度を整え、夫の部屋のドアをノックする。

「どうぞ」

返ってきた声は、もう落ち着きを取り戻していた。

部屋に入り、夫の隣に身をすべり込ませる。

自然な動作で和樹が体を抱き寄せてきた。

彼の心臓の音が聞こえる。

「さっきは、すみませんでした」

「怒っていたわけじゃないし、謝ってほしいわけでもないよ」

そう言って和樹は、佳菜を優しく抱きしめた。

温かい。

祖父母は愛情をもって佳菜を育ててくれたが、年代のせいもあってかスキンシップは少なかったので、佳菜は和樹と結婚して初めて、人肌の温かさと心地よさを知った。

「和樹さんに隠し事をしようとか、そういうつもりじゃなかったんです」

「あっさり話してくれたからね。それはわかってる。俺に気を使ってくれたんだろ」

それもちょっと違う気がした。

「動けないほどのけがではなかったですし、自分の健康状態を和樹さんと共有するべきだという考えが、まるっと頭から抜けていたというか」

「動けないほどではないと言ったって、ここまでガチガチに固められたくらいだから、相当痛かっただろう？」

「それは……はい、そうですね」

佳菜は素直に認めた。あんな痛い目にあったのは、ずいぶん久しぶりだった。

「佳菜は人に甘えるのが得意じゃないんだな」

「……そうでしょうか」

「そうだ」

和樹がきっぱりと断言してくれた。

「でもこれからは、楽しかったとかうれしかった出来事だけじゃなく、痛かったとか悲しかったとか、そういうことも俺には話してほしい。自分の中にため込まないで」

交際ゼロ日で和樹と結婚して、まだひと月ほどしか経っていない。

それなのに、彼の言葉はスッとまっすぐに佳菜の中に入ってきた。

階段で人とぶつかった一件と一緒に、スクラブのうしろを汚されていたことや、ロッカーの扉がへこんでいたことが脳裏に浮かんで消えていく。

どれも悪意からとは言いきれないし、本格的に困ったら和樹に相談できると思っただけで心は軽くなった。

目を閉じて、彼の胸に顔をうずめる。

「……おやすみなさい」

その晩佳菜は、穏やかな海にたゆたっているような気分で眠りに落ちた。

第六章　宗治の決断

クリスマスが近づいている。イブは佳菜の誕生日だ。

昨年までの誕生日は、宗治とふたりではわざわざお祝いをするという雰囲気でもなく、とくになにもしていなかった。

今年は和樹と過ごすのだろうなとは思うが、彼はここのところ忙しく、佳菜が眠った頃に帰ってきて起きたときにはもう出勤している。

家に帰らず病院内の仮眠室で夜を過ごすこともあるらしく、まともに話せていない。

年末はどこの科も外来患者が増える。佳菜のいる小児科にしても、普段よりはだいぶ忙しい。

だからしかたないとはわかりつつ、やっぱり寂しい。

このぶんだと和樹はイブもきっと忙しいだろうから、ケーキだけでも自分で用意しておこうか。たとえ遅い時間になっても、せめてそれくらいは一緒に食べたい。

「あら……元気ないわね、忙しかった？」

午前中の外来診察業務を終えてナースステーションに行くと、そこにいた鈴奈に声をかけられた。

「ちょっと……いえ、かなり」

わかる、と言うように鈴奈が苦笑いした。

「みんな年末年始のお休みに入る前に病院に行っておこうと思うんでしょうね。それにしても、和樹先生は大変ね。学会の準備もあるはずだし」

「学会？」

佳菜は目をパチパチさせた。

「ええ、二月頭の。聞いてない？」

「……はい」

忙しいのは外来患者が増えたからだけではなかったのか。

和樹は宗治と似たタイプで家では仕事の話をほぼしないから、全然知らなかった。

「先輩は……」

「うん？」

「他科のスケジュールまで把握してるんですね。すごいです」

「大きな行事だけね。小児科から他科に患者さんを送ることもあるでしょ。そのとき先生が病院を空けているかどうか知っておきたいから」

そんなのいままで考えたこともなかった。

やっぱり鈴奈はすごい、と佳菜は思った。鈴奈の方が六つ先輩とはいえ同じ小児科の看護師なのに、見えている世界が違う。

自分なんかより、鈴奈のような人の方が和樹にはふさわしいのではないだろうか。何度か思ったことを、また考えてしまう。

佳菜はただ、和樹が忙しくて寂しいと思っていただけだ。彼がどうして忙しいのかなんて、考えもしなかった。

たとえ愛情のない契約結婚とはいえ、彼の妻なのに。

「……家ではしっかりねぎらってあげるようにします」

佳菜は鈴奈にそう言ったが、心の中は複雑な気分だった。

今日は早めに帰れそうだと和樹から連絡があったのは、その日佳菜が家に着いた頃だった。

まともに顔も見られない日が続いていたから、久しぶりに和樹とゆっくり過ごせると思うとうれしくなった。

佳菜が思いつくねぎらい方は、温かい料理を用意することくらいしかない。

腕によりをかけておいしいものを作ろうと、張りきってキッチンに立った。

夢中で料理をしているうちに、二時間ほど経った。時刻は午後九時を過ぎている。

食卓にはナスの揚げ浸しや豚しゃぶサラダなど、和樹の好物ばかりが並んだ。

「……おなか空いたな」

和樹と一緒に食べたかったから、佳菜もまだ食事をしていない。

〝早め〟というのは、何時頃を指すのだろう。

ちょっとだけ先に食べようかと考えかけて、いやいやと首を振る。せっかくの一緒に食事できる機会をのがしたくない。

それに、契約結婚だからこそ〝いい妻〟でいたい。いい妻はきっとつまみ食いなんてしないものだろう。

それから三十分ほどが過ぎて、和樹がようやく帰ってきた。それでも最近ではかなり早い方だ。

「おかえりなさい」

「ただいま。待たせてしまってすまない」

ここのところの激務できっと疲れているだろうに、佳菜を気遣ってくれるのが和樹らしかった。

「すごいな。ご馳走だ」

テーブルの上を見て、和樹が表情を綻ばせる。

よほど空腹だったのか、いつもなら帰ってすぐ部屋着に着替える彼が、スーツ姿のまま食卓に着く。佳菜は急いで汁物を温め、彼の前に置いた。

しかし和樹が箸を持とうとした瞬間。ブーッ、ブーッ、とテーブルの上に置いた仕事用のスマートフォンが震えだし、和樹は即座に出た。

「はい、藤本です」

はい、はいと何度か繰り返し、電話を切る。そして立ち上がった彼は、もう病院にいるときのような厳しい顔をしていた。

「今日手術した患者が急変した。行ってくる」

「……お気をつけて」

大股で玄関に向かった和樹を追いかけ、コートかけからさっき脱いだばかりのコートを取って渡す。

「ありがとう。いってきます」

結局家に入って五分も経たないうちに、和樹はまた病院に行ってしまった。

佳菜はしばらく玄関の扉を眺めてボーッとしていたが、やがてとぼとぼと廊下を歩き、リビングに戻った。

ダイニングテーブルの上では、まだ味噌汁が湯気を立てている。

自分の席に着いたが、あんなに空腹だったのに食欲はどこかへ行ってしまった。

キッチンの引き出しからラップを出し、手つかずのおかずにかけていく。

きっと今晩はもう和樹は帰ってこないだろう。おなかが空いていただろうに、せめて炊き込みご飯をおにぎりにして持っていってもらうくらいのことはすればよかった。

自分の気のきかなさにがっかりした。


「佳菜、誕生日、おめでとーっ！」

十二月二十四日のクリスマスイブ。

早番で出勤した佳菜は、休憩室に入るなり愛理に思いっきりハグされた。

なんだろうという感じで、その場にいたナースたちがちらちらとこちらを見てくる。

「あ、ありがとう」

愛理の勢いに少々戸惑っていると、赤いリボンがかけられた緑色の包みを差し出された。

「はい、誕生日プレゼント」

「えっ、うれしい。ありがとう……開けていい？」

「もちろん」

わくわくした顔をしている愛理の目の前でリボンをほどき、袋を開ける。

中にはいろんな種類の入浴剤が入っていた。

「ミルクの香り……イチゴの香り……チョコレートなんていうのもあるんだ、おもしろい、ありがとう」

使うのが楽しみだなと無邪気に喜ぶ佳菜に、愛理はにやーっと笑いかけた。

「おいしそうな香りのばっかりにしてみたよ。お風呂に入った後、おいしく食べてもらえるようにね」

「え……えっ、ちょっとっ」

愛理の真意を理解したせいで、頬が熱くなる。

おいしくもなにも、和樹とは添い寝やキスしかしていないのだが。かといってそれを愛理に説明することもできず、ただただオタオタしてしまう。

「はーっ、佳菜はいいなあー。きっと和樹先生みたいなクールなタイプに限って、夜は情熱的だったりするんだろうなあ」

「へ、ヘンな想像しないでよっ」

この先もしかしたらそういうこともするようになるのかもしれない。でも、結婚の経緯が経緯なだけに彼にそんなつもりはないのかもしれず、あまり考えないようにしていた。

「ヘンじゃないよ。うらやましいなーって話」

「なにがうらやましいの？」

そう言いながら休憩室に入ってきたのは、同じく早番の鈴奈だ。

「おはようございます」と頭を下げた佳菜の手にある袋を、鈴奈が覗き込んでくる。

「あら入浴剤……オムライスって、ケチャップの香りなのかしらね」

鈴奈が不思議そうに首をかしげる。

「今日、佳菜の誕生日なんです。家で和樹先生とのお風呂タイムをゆっくり楽しんでもらえたらなって思って」

愛理がそう言うと、鈴奈は佳菜を見てにこりと笑った。

「そうだったの。クリスマスイブがお誕生日なんて素敵ね、おめでとう」

「ありがとうございます」

佳菜は笑顔をつくった。

実のところ、誕生日を祝われるのはそれほどうれしくない。

佳菜にとって自分の誕生日は、両親が死んだ原因の日であるだけにさほど喜ばしいものではないからだ。

もちろん周囲の人たちにわざわざそんなことを話したりはしないし、祝ってくれる気持ちはありがたいが。

「今晩は、和樹先生とディナーに行っちゃったりして?」

愛理が肘でわき腹をつついてきた。

「うん、一応その予定」

今朝起きたらすでに和樹の姿はなかったが、ダイニングテーブルに書き置きが置かれていた。そこには、午後九時に駅の近くにある外資系の高級ホテルに来るよう書かれていた。

泊まりで誕生日を祝ってもらうなんて、もちろん初めてだ。

最近の和樹は本当に忙しいから、レストランでの待ち合わせでは佳菜を待たせてしまった場合に困るだろうという気遣いなのだろう。

「とはいえ、急な手術が入ったりしたら行けなくなっちゃうかもだけど」

「ああ……コールが入ったらどうしようもないもんね。外科医の奥さんのつらいところだよねえ」

愛理は気の毒そうな顔をしたが、佳菜はあまり気にしていない。

外科医の祖父に育てられたから、予定をキャンセルされるのは慣れっこなのだ。

「早川さんは、今日なにか予定ないの？」

鈴奈が着替えながら愛理に尋ねる。

「ありませんっ！　予定表は綺麗さっぱり、まっしろです！　喜んで残業します！」

「私も残念ながら就業後の予定はなにもないから、森下さんは定時でスパッと上がってね」

「ありがとうございます」

佳菜自身は自分の誕生日を重要視していないが、ふたりが気を使ってくれるのはありがたかった。


定時きっちりで仕事を上がり、更衣室へと引き上げる。

「……え？」

ゆがんだロッカーの扉に触れて、佳菜はピタッと動きを止めた。

鍵が開いている。

それだけなら閉め忘れたのかもしれないと思えるが、うっすらと開いた扉の隙間から、甘ったるいような酸っぱいような、なんとも形容しがたい匂いがする。

恐る恐る扉を開く。匂いのもとはすぐにわかった。

ロッカー全体に、色とりどりの粉がぶちまけられている。

朝、愛理がくれた入浴剤だ。

その上、扉の裏側には【別れろ】【不釣り合いだ】などと攻撃的な内容の書かれたメモが貼られていた。ご丁寧に、筆跡がわからないよう活字で印刷されている。

さらには、予備のスクラブがカッターかなにかで引き裂かれているのを見てしまっては、これまでのように〝悪意じゃないかも〟とはさすがに思えなかった。

これは、明確な悪意だ。

ロッカーの中を片づけながら、和樹に相談してみようかと一瞬考えて、やっぱりやめた。

なんでも話してほしいとは言われたものの、いまの彼は忙しすぎる。こんなことでわずらわせたくはなかった。

ある程度の事情を師長に話して、なんとなくそのままになっていたロッカーの位置を変えてもらうことだけ心に決め、佳菜は病院を出た。

一度家に帰り、ディナーにふさわしいようなワンピースに着替えて、夜八時を過ぎてからタクシーでホテルまで向かう。

フロントで和樹の名前を言い、案内された部屋は、まさかのスイートルームだった。

広い玄関に、いま住んでいるマンション並みの広さのリビングが続いている。

調度品は椅子ひとつとっても重厚な作りで、その奥のベッドルームには天蓋付きのキングサイズのベッドが置かれている。

「綺麗……」

窓の外の夜景を眺め、ひと通り部屋の中を見学して回った頃には、もう九時近くになっていた。

スマートフォンのメッセージを確認する。和樹からはまだ病院を出たという連絡は入っていない。遅くなるという知らせもきていなかった。

それから一時間ほど、佳菜は窓の外を眺めながら和樹を待ったが、彼はやって来なかった。

ホテルのレストランはだいたい午後十一時までだから、いますぐ和樹から連絡がきたとしても、まず間に合わないだろう。

少し考えて、佳菜は先にお風呂に入ってしまうことにした。空腹がまぎれるし、上がった頃には連絡が入っているかもしれない。

お風呂場は三、四人がいっぺんに入れそうなくらい広く、高級ブランドのアメニティがひと通り揃っていた。

顔と体を丁寧に洗った後、浴槽にたっぷりとためたお湯に用意されていた森林の香りの入浴剤を入れて、肩までお湯につかる。

浴室というどこもかしこもつるりとした人工的な空間の中で、森林の香りに包まれるというのも少々滑稽だなと、お湯の温かさにうっとりしながら思う。

ロッカーにぶちまけられていた入浴剤は、万にひとつでも愛理の目に入ることがないよう、透けないビニール袋に入れて口をしっかり縛り、他科のゴミ箱に燃えるごみとして捨てた。

いろんな香りの入浴剤を使えなかったのは残念だし、愛理に申し訳ない気持ちもあるけれど、悲しいとか悔しいとか、そういう感情はあまりなかった。

ただ、気分が滅入っていた。

スクラブのうしろを汚されたこと。ロッカーをへこまされたこと。階段でぶつかられたこと。

和樹と結婚して以来何度かあった小さな嫌がらせの数々を、悪意があるわけではないかもしれないと思おうとしてきたが、さすがに今回は無理だ。

やられたことのひどさもそうだし、貴重品をしまうロッカーを開けられたとなると、話が違ってくる。

明日出勤したら、師長に相談してロッカーの場所を変えてもらうつもりだ。あまり大事にはしたくなかったのだが。

つらつらと考えているうちに、頭がくらくらしてきた。のぼせかけていると気づき、慌てて風呂を出る。

髪と体を拭いて、洗面台の上に置いておいたスマートフォンを見てみたが、和樹からの連絡はまだない。ただ、愛理からメッセージがきていた。

「うーん……」

寝間着を着るかどうか迷って、一応またワンピースを着る。

急ぐことはないと、ゆっくりと髪を乾かし、洗面所に置かれていたアメニティで肌の手入れをした。

リビングに戻り、冷蔵庫からミネラルウォーターのボトルを取り出して直接飲む。

時刻は午後十一時を過ぎている。

湯冷めしないよう上にカーディガンを羽織って、ソファにごろりと横になる。

眠いわけではない。ただ、やることがない。

ソファの肘掛けに置かれていたブランケットを体にかけ、まぶたを閉じる。

自分の体から森林の香りがした。人工的な、でも落ち着く香りだ。

ゆっくりと呼吸しながら、何種類も混ぜられた入浴剤の匂いを思い出す。

ひとつずつ入浴剤の袋を開け、執拗に中身をぶちまけた人物は、それで少しは気が晴れたんだろうか。

犯人捜しをしようとは思わなかった。

みんなの憧れの的だった和樹を、急に横からサッとかっさらったように見えるだろう佳菜をおもしろく思っていないナースや事務員、女医はたぶん何人もいる。

かといって彼女たちに申し訳ないとは思わない。

そう思ってしまったら、この結婚を提案してくれた和樹に失礼だろう。

結婚してすぐの頃だったらともかく、愛情はないとはいえ彼なりに佳菜を大事にしてくれているのはもうわかっている。

今日だって、しばらく寝る間も惜しんで働いている日々を送っているのに、わざわざホテルを取ってくれた。クリスマスイブ直前の宿泊予約は難しいと聞くけれど、彼には伝手があるようだった。さすがは大病院の子息。私とは生きる世界が違う。

向きを変えて、サイドボードの上の時計を見る。

あと三十分もすれば、佳菜の誕生日が終わる。

とくに感慨はなかった。ただ日付が変わるだけだ。

両親と暮らしていた頃の誕生日はどんなふうに過ごしていたか、正直よく覚えていない。祖父母と三人暮らしのときは、祖母が小さなケーキを用意してくれた。祖父と祖母は洋菓子を食べないので佳菜の分だけだ。それを夕飯の後に食べる、ささやかなお祝いだった。祖父は仕事で忙しく、帰ってこないことも多かった。

クリスマスイブが誕生日だと、よく『ケーキやプレゼントが一回にまとめられてかわいそう』などと言われる。実際そうだったが、とくに残念だとも思っていなかった。欲しいものなんてそんなにないから、ふたつもみっつも考えつかない。プレゼントがひとつで済むならその方が気がらくだった。

祖母が亡くなってからは、佳菜ももう成人していたし、祖父とふたりで誕生日をわざわざ祝うという雰囲気ではなくなった。

もう一度ちらりと時計を見て、まぶたを閉じる。

さようなら二十四歳、こんにちは二十五歳。

こんなふうにひとりでその瞬間を迎えるのも悪くない。

スイートルームの上等なソファはなかなか寝心地がいいし、風呂に入ったばかりの体はさっぱりしている。おなかはちょっと空いてしまったが、待っていればそのうちやって来る優しい夫もいる。

そのまままうとうと半分眠ったような状態でいると、玄関の方からドタバタと焦ったような足音が聞こえてきた。

「佳菜！」

和樹だ。

すぐにわかったが、半分寝ていたのですぐに反応できない。

「佳菜、ごめん」

「……え？」

ものすごく申し訳なさそうに謝られてしまい、さすがに目が覚めた。

上体を起こし、んーっとひとつ伸びをする。十分ほどまどろんだだけのようだが、気分がだいぶスッキリした。

「怒ってないのか？」

彼は眉根を寄せ、佳菜の様子をうかがうように尋ねてきた。

「怒る？」

夫の視線が、サイドボードの上に向かう。佳菜もそちらに目をやると、時刻は零時数分前だった。

「遅くまで、お仕事お疲れさまです」

大変だなとは思うが、それだけだ。

「誕生日にはギリギリ間に合ったけど、レストランに行けなかった」

「しょうがないですよ、お仕事の方がずっと大事です」

「そうかもしれないが……佳菜、これ」

なにか言おうとして、誕生日があと数分で終わるのを思い出したのか、焦ったように手に持っていたものを差し出してきた。

それは両腕でやっと抱えられるような大きな花束だった。

「昼のうちに花屋に頼んでおいたんだ」

「綺麗……うれしいです、ありがとうございます」

本当にうれしくて、笑顔で受け取ったところで、時計の長針がゼロのところに止まった。

「誕生日、おめでとう」

「ありがとうございます」

和樹はやっと少しホッとしたような顔で笑ってくれた。

ふたりの間に甘い空気が漂う。

佳菜の右の頬に、和樹の手が触れた。

そこへ、トントンとノックの音がした。

「たぶんルームサービスだ。来る途中で電話しておいたから」

彼がドアの方へ向かったことで、しっとりとした空気は霧散する。

やってきたのは、和樹の言った通りルームサービスだった。

カートを押したホテルマンが恭しく礼をして、部屋に入ってくる。そしてテーブルの上に料理を並べ、グラスにシャンパンを注いで出ていった。

ご馳走のいい匂いを嗅いで、佳菜は自分がかなり空腹だったことを思い出した。

ふたりでテーブルに向かい合って座る。

「それじゃ、改めて……誕生日、おめでとう」

グラスを掲げ、和樹が穏やかに微笑んだ。

「ありがとうございます」

笑って返事をして、よく冷えたシャンパンを飲む。少し寝て喉が渇いていたからかとてもおいしい。

しかし和樹はといえば、グラスを手に硬い表情をしている。

「こんな時間になって本当に悪かった」

「そんなこともありますよ」

外科医の妻として、そのくらいはわきまえている。それなのに、和樹がやたらと深刻な顔をしているのが不思議だった。

こんなことは、これからもたびたび起こるだろう。こちらとしてはいちいちがっかりしていては身が持たない。

「お仕事遅くまでお疲れさまです。緊急手術が入ったんですよね、心臓血管外科の同期に聞きました」

正確に言うと、心臓血管外科の同期に聞いたという愛理からメッセージがきて知った。みんな自分より和樹について詳しいと思うと少々複雑だが、教えてくれたこと自体はありがたかった。

「そうか」

和樹はようやくグラスに口をつける。

佳菜が気にしていないことをわかってくれたようだと安心し、手を合わせてさっそく食べはじめる。

すっかりおなかが空いていたので、目の前の料理をもりもり食べた。

和樹はそんな佳菜をもの言いたげに見つめていたが、やがてフォークとナイフを手に取る。食べはじめれば夫もかなり空腹だったらしく、用意された料理は綺麗になくなった。

食後には和樹が手配していた小さめのホールケーキまで出てきて、佳菜は本当にうれしかった。

「それから、これ……」

目の前に差し出されたのは、結婚指輪を作ったブランドカラーの細長い箱だった。

「開けてみていいですか？」

「もちろん」

その中には、ダイヤとピンクサファイアのあしらわれた美しいペンダントが収まっていた。

「すごい……綺麗」

部屋の照明を反射してキラキラと光るそれに、佳菜はうっとりと見とれた。

「指輪と違って、こっちはすぐ買えたよ」

きっと佳菜が尻込みしてしまうような高価なものなのだろうけれど、ひと目見てすっかり気に入ってしまった。

「つけてみていいですか?」

「もちろん」

和樹がペンダントを箱から取り出し、金具をはずす。それから佳菜のうしろに回りつけてくれた。

鎖骨の下辺りで輝くそれを見て、和樹が目を細める。

「似合いますか?」

「ああ、とても」

自分の誕生日なんていままでそんなに関心がなかったのに、胸がぽかぽかしてくる。

こんなに幸せな誕生日を過ごすのは、生まれて初めてだった。

和樹が入浴している間に、テーブルの上はホテルの人に片づけてもらった。

明日もふたりとも仕事だ。最近はずっと忙しそうにしていたし、彼にはいつもより広いベッドでゆったりと体を休めてもらいたい。

それでもベッドに入ると、いつものようにすぐ抱き寄せられた。

夫の体温が気持ちいい。こうされるのもずいぶん慣れた。

夫の手がゆっくりと髪をなでてくる。眠りを誘うような優しい手つきだ。

「誕生日おめでとう。帰るのが遅くなって、本当にごめんな」

「はあ……」

和樹のもう何度目になるかわからない謝罪に、曖昧な返事をする。

正直なところ少々辟易していた。彼は自分の誕生日もこんなに重要視するのだろうか。だったらしっかりと準備しなくてはいけないが、考えてみたら自分は和樹の誕生日を知らない。

「わかってる、遅くなってしまってがっかりしているのは俺の方だ。佳菜はこういうのはよくあることだと理解してくれている。だけど……すごく勝手なことを言うようだけど、佳菜にまるで期待されないのも、それはそれで嫌なんだ」

それは、たしかになかなか勝手な言い分だ。

「和樹さんに期待していないというか……私、自分の誕生日ってそんなに好きじゃないんです」

「え？」

「だから、お祝いしてくれようというお気持ちはすごくありがたいし、お花もケーキもプレゼントも本当にうれしかったんですけど、それを楽しみにするっていうのは、なかなか難しいというか」

誕生日について考えるとどうしても、佳菜のためにプレゼントを買いに行こうとしたために事故に遭った両親のことが脳裏にちらつく。

佳菜は両親をよく覚えていない。それでも、あまりめでたいとは思えないのだ。

正直、なんでもないただの普通の日として扱ってくれても全然かまわなかった。

「そうか」

佳菜の事情を聞いた和樹は、それ以上なにを言っていいのかわからなかったのか、しばらくただ佳菜の背をなでていた。

夫に体を触られるのは好きだ。触れられたところからじんわりと彼の体温が染み込んでくるみたいで、安心する。

「それでも」

「……え？」

半分眠りかかっていた佳菜の耳もとで、和樹が言う。

「君が生まれてきてくれた日を、俺は大事に思うよ」

声が優しい。

「佳菜が生まれてきてくれて、とてもうれしい。ありがとう」

結婚するとき、和樹はこれが愛情のない打算的なものだとたしかに言った。恋愛ごとにわずらわされず仕事に集中したいのだと。

それなのに実際に結婚してみると、彼は毎晩佳菜を抱きしめてくれるし、仕事がとても忙しい時期なのにもかかわらずこうして誕生日を祝ってくれた。

どうしてこんなに優しくしてくれるのだろう。

これほど大事にされると、本当に愛されているのではと勘違いしそうだ。

「……はい」

和樹の胸に顔をこすりつけ、小さな声で返事をした。

切なさに、泣いてしまいそうだった。


年の瀬が迫っている。

夕食後の食器を片づけながら、佳菜は正月の準備について考え込んでいた。

佳菜は大みそかまで仕事で、元日と二日は休みだ。和樹は大みそかと元日は休みで、二日からは仕事に出るという。

正月らしい料理を食べるのは元日だけと考えると、雑煮とうま煮は作るとして、あとは黒豆やかまぼこ、栗きんとんなどを買って、お重ではなくお皿に並べればいいかとも思うが、祖父も来るし食卓が寂しいだろうか。

こんなことなら、二、三人前サイズの小さなおせち料理をどこかで予約しておくんだったと思うけれど、結婚自体が急だったからそんなところまで頭が回らなかった。

祖母はまめな人で、黒豆や田作り、紅白なますなどきちんと手作りして重箱に詰めていた。残念ながら、それらの作り方を習う前に亡くなってしまったが。

祖父とふたりになってからは、雑煮とうま煮くらいしか料理してこなかった。このふたつは祖母に習ったので自信がある。

うま煮は祖父の好物で、人参や蓮根を飾り切りし、里芋やごぼう、こんにゃくなどと甘辛く炊いたひと皿だ。

「どうした、難しい顔して」

皿を下げるのを手伝ってくれながら、和樹が話しかけてきた。

「和樹さん、おせち料理って好きですか?」

「んー……毎年親が百貨店で買ってきたから食べてはいたけど、正直テンションは上がらないかな。正月だから食べなきゃって義務感で食べてた感じがする」

藤本家では手作りしていなかったということと、和樹が正月料理にそれほど思い入れがなさそうだということにホッとする。

「そうなんですね。お正月は、お雑煮とうま煮だけ用意しようかと思っていました」

「ありがとう。雑煮もうま煮も好きだよ。あとはきなこ餅があればうれしいな」

「お安い御用です」

　おおみそかまで仕事だけれど、それくらいなら帰ってきてからでも作れる。

　明日はふたりとも休みだ。車を出してもらって、正月に食べるものや年越しそばなどの買い出しに行きたい。


　翌日、車でマンションから少し離れた普段行くところよりグレードの高いスーパーに向かいながら、ふと気になったことを尋ねる。

「そういえば、お雑煮はお義母さんの味付けじゃなくていいんですか？　私が普通に作ると、祖母から習ったお雑煮になるんですが」

　普段の食事ならともかく、正月料理にはこだわりがあるかもしれないと思った。

「全然いいよ。佳菜のおばあさんの味が楽しみだ」

「うちのお雑煮は醤油味で、出汁は昆布とカツオ、具は鶏肉と大根と人参と椎茸で、上に三つ葉と薄く切ったかまぼこをのせるんです」

「餅は四角？」

「はい」

「うちに似てる。違いは椎茸とかまぼこが入らないところくらいかな」

こんなたわいない話をしながら、和樹と休日を過ごすのが普通のことになった。育ってきた家庭環境の違いにはまだ驚かされるが、お義父さんもお義母さんも気さくな人で、会ってもだんだん緊張しなくなってきた。

正月は、年越しは和樹とふたりで家で過ごし、元日には宗治が来る予定になっている。そして夕方頃から藤本の家にお邪魔する予定なのだが、初めて会う親戚が数組来るらしく、いまからちょっとドキドキしている。

「やっぱり、小さいのでもいいから、おせち予約しておけばよかったですね」

「たしかにこまごま買って並べるのを考えたら、重箱がドンとあった方が楽そうだな。来年からはそうしようか」

——来年。

来年の正月も、自分は和樹の隣にいるんだろうか。

なんの屈託もなさそうにハンドルを握る和樹の顔をちらりと見る。

和樹にはまったく不満がない。ただ、自分が本当に彼の伴侶にふさわしい人間なのか、自信が持てなかった。

自分にそんな価値はあるのだろうか。

和樹が笑うとうれしい。彼の体温を感じながら眠りにつくのは心地いい。

自分の中で、彼の存在がどんどん大きくなっていっているのがわかる。

誕生日にロッカーにぶちまけられていた入浴剤の一件をふと思い出す。

相手が誰なのかはわからないし、やられたのはひどいことだが、その人物が和樹に対して強い想いを抱いているのは間違いないだろう。

自分はその人より彼を愛していると、胸を張って言えるだろうか。

佳菜の知らない和樹の予定を知っていた鈴奈についても思い出す。

ああいう聡明な人の方が彼にはふさわしいのではと思ってしまう。おまけに鈴奈の方が、背が高くてスタイルもいいから、和樹と並んだときにきっとバランスがいい。

「そういえば、佳菜に車を買おうと思ってたんだった」

駐車場の手前で、和樹が意外な発言をする。

「えっ？」

「俺の車はあるけど、佳菜が自由に使える車もあった方がいいだろ？　一台買おう」

「そんな、いいですよ」

佳菜は顔の前で手を振った。

「病院も実家も徒歩とバスで行けますし、最寄り駅だって近いですし。もったいないです」

それに佳菜は、運転免許こそ所持しているものの、運転があまり得意ではない。実家にいたときは宗治の車が家にあったが、自分で運転してどこかへ出かけるという機会はめったになかった。

「佳菜は欲がないね」

ハンドルを回しながら和樹が苦笑する。

「そういうわけじゃ……」

でもそうかもしれない。物や人に対して執着が薄いところはある。

「もっといろいろ欲しがってほしいな。俺を困らせるくらい」

それはなかなか難しい要望だ。

結婚指輪は佳菜からすれば考えられないほど高価なものを買ってもらったし、マンションだって、彼と結婚しなければ縁のない高級物件。家財も十二分に揃っていて、足りないものなどない。

誕生日には、結婚指輪と同等かそれ以上に高価そうなダイヤとピンクサファイアのペンダントをもらった。

金銭的に余裕がありすぎて、なにを欲しがっても和樹が困ることなんてなさそうだ。

そう思ってから、彼に対する心からの望みをひとつだけ考えついた。

「……しいて言えば」

「うん、なに？」

「ずっと元気でいてくれれば、それで」

「――佳菜」

車をバックしようとしていた和樹の手が止まったのを見て、佳菜はハッとした。

「すみません。重かったですね」

両親を早くに亡くし、たったひとりの身寄りである祖父も病気を抱えている自分にそんなことを言われては、重荷になってしまうだろう。

ましてや、愛情からはじまった結婚生活ではなく、いつまでこうして一緒に暮らしているのかもわからないのに。

「やだ、私ったら」

佳菜は笑ってごまかそうとした。

しかし和樹は笑わなかった。

「長生きするよ」

「和樹さん……」

「佳菜より一秒でもいいから長く生きると誓う」

いつまでこの婚姻関係が続くのかはわからない。

それにそんな約束、どんなに守ろうとしたって、絶対に守れるというものではない。

それでも、和樹の言葉は佳菜の胸を熱くした。

「……約束ですよ」

「ああ、約束だ」

和樹が佳菜の手を取り、指切りしてきた。

それは佳菜にとって、指輪よりも車よりも、マンションよりもうれしい約束だった。


その晩はテレビで除夜の鐘を聞いてから、ふたりは和樹のベッドで手をつないで、とりとめのない話をした。

佳菜は和樹の家族の話を聞きたがり、和樹も佳菜のことを聞きたがった。

和樹は兄ととても仲がいいという。兄弟それぞれが仕事で忙しくなり、家庭を持ったいまでも、お互いの誕生日にはお祝いを言い合ったりプレゼントを贈ったりしているらしい。

「うちは誕生日だからっておじいちゃんにはとくになにもしてなかったですね。プレゼントをと思っても、もう終活する年齢なんだから物を増やすなって言われちゃうし。よく行くお店でお寿司を食べるくらいで」

「それってもしかして、森下先生が倒れたところ？」

「そうです。あそこのお寿司屋さん、一品料理も握りもとってもおいしいのにお値段は良心的で、すごくいいお店なんですよ。月に一回はおじいちゃんと食べに行ってました」

言ってから、和樹は普段もっとお高い寿司を食べているのではと思った。

「へえ。それは俺も食べてみたいな」

和樹は心からそう思っていそうだ。

「今度一緒に行きましょう」

大将には、宗治が倒れたあの日、救急車を呼んでもらいお世話になった。

宗治が入院している間に、一度電話して命に別状はなかったと伝えてはいたが、改めてお礼を言いに行きたい。

「よし、行こう。約束だ」

和樹が小指を絡めてきた。約束がまたひとつ増えた。

「和樹さんは……」

「うん？」

「私に望むことってなにかないんですか？　欲しいものはないかとか、してほしいことはないかとか、私にばかり聞くじゃないですか」

そう尋ねると和樹は困ったような顔をして、口を開き、なにも言わずにまた閉じる。

「和樹さん？」

「――ないと思う？」

「え？」

つないでいた小指がはずされたが和樹の手は佳菜の手から離れず、指先が手のひらに触れてくる。

そのままつうっと手首の内側をなで上げられ、佳菜は思わず震えた。

「あの……和樹さん？」

「俺は佳菜が欲しい。まるごと、全部」

熱をはらんだ目をして、和樹は言った。

佳菜にそういう経験はない。が、なにを言われているのかわからないほど子どもでもない。

突然結婚した日から約一か月半。

日を重ねるごとに、同じベッドで眠るようになり、抱きしめられ、キスをするようになった。

愛情を伴わない契約結婚のはずなのに、いよいよそれ以上の関係に進むのかと思うと、心臓が痛いくらいドキドキしてきた。

「え……と……」

和樹は急かさず、佳菜の答えを待っている。

佳菜は結婚してから今日までの日々を思い起こした。

宗治が倒れたとき、和樹がいてくれたことでどれだけ安心したか。

頑固な宗治が手術を渋るのを説得するために佳菜と結婚するという、彼の人生をも大きく左右するような提案をしてくれたのもありがたいなんてものではなかった。

結婚してからも、和樹はずっと佳菜に優しく誠実だった。

言葉だけでなく態度で、佳菜が大切だと示してくれた。

ホテルのスイートルームで祝ってもらった誕生日のことは、一生忘れないだろう。

そんな彼に佳菜があげられるものなんて、自分自身しかないように思う。

ましてや、彼が求めてくれるのなら。

「あの、ど、どうぞ」

「いいのか？」

抱き寄せられ、顔を近づけられた。急に緊張してくる。

重なり合った胸から、和樹の心臓も強く拍動しているのがわかる。

ドキドキしながらコクコクうなずくと、顎をすくわれ、唇を重ねられた。

いつもなら、ふにゅっとやわらかい感触が気持ちいいなと思うのだが、これからすることを想像してしまいそれどころではない。

「優しくする」

「……はい」

佳菜が初めてなのは、言わなくても余裕のなさでバレバレのようだ。

ギシッとベッドがきしむ。和樹が佳菜の上に乗り上げてきた。

何度も和樹の顔が下りてきては唇を重ねられる。その間にパジャマのボタンがひとつ、またひとつとはずされていく。

「んん……」

口の中に和樹の舌が侵入してくる。

いままでしていた挨拶のようなキスとは違う、熱い欲のはらんだキスに、体が熱くなる。

大きな手に素肌をなで回され、ビクッと体を震わせて彼にしがみついた。

「佳菜、すごく綺麗だ」

乳房をすくい上げるように和樹の手が動く。恥ずかしいが気持ちよくて、変な声が出そうになる。佳菜は固く目をつむって、されるがままでいた。

和樹に触れられると、どこもかしこも敏感になったみたいでとてもじっとしていられなかった。

「ん……」

「声、我慢しないで。聞きたい。聞かせてくれ」

噛みしめていた唇の狭間に指を入れられてしまった。

外科医の大事な指に傷をつけるわけにはいかないから、もう甘ったるい恥ずかしいあえぎが口から漏れるのをどうすることもできない。

和樹の愛撫は巧みだった。

彼に触れられていないところなんてどこにもないんじゃないかと思うくらい丁寧に全身を愛され、一番敏感な部分に指をあてられたときには、目の前に白い火花が散ったような衝撃を感じた。

「ああっ……！」

ガクガクと腰が勝手に揺れてしまう。自分の体なのに、まるでコントロールが効かない。

はしたなくて恥ずかしいのに、和樹はそんな佳菜がかわいくてたまらないみたいに目を細めて見下ろしてくる。

佳菜が快感に翻弄されて息も絶え絶えになってから、和樹は自分の着ていたものを脱ぎ捨て、佳菜の中に入ってきた。

「んっ……」

鈍い痛みが佳菜の中心を貫く。

我慢できないほどではないが、圧倒的な存在感に息が詰まりそうになる。

「佳菜、ゆっくり息をして」

大丈夫だから、と和樹がなだめるように腰をなでながら、耳もとでささやいてくる。

和樹の呼吸とリズムを合わせるようにして、なんとか息を吸って吐いた。

それを繰り返しているうちに、だんだんと体から余計な力が抜けていく。

「まだつらい？」

「大丈夫、です……」

本当はまだ少しつらい。でもなじんできたのか、入ってすぐのときよりはずっとらくになってきたし、和樹とつながることができたという喜びが苦痛を上回ってきた。

「少し、動いてみていいか？」

「はい」

動かれると引きつれるような痛みがまた少し走ったが、長くは続かなかった。

佳菜の反応を見て大丈夫だと判断したらしく、彼は徐々に動きを強めていく。

そこからはもう、佳菜にできるのは、和樹に抱きついて声をあげていることだけだった。

「佳菜っ……」

余裕のない声で佳菜の名前を呼びながら、和樹が強く抱きしめてくれる。

それからしばらくして、和樹は顔をゆがめて腰の動きを速めた。

「くっ、もうっ……」

彼が自分の中に欲を放ったのだと、なんとなくわかった。

ふたりで軽くシャワーを浴びてから、佳菜はまた彼の腕の中に閉じ込められた。

「大丈夫だった？」

「は、はい……」

心臓の鼓動も落ち着き、抱きしめられていると安心できた。

「明日、森下先生は何時頃いらっしゃるって？」

佳菜の額にくっついた髪をよけながら、和樹が尋ねてくる。

「朝九時頃には来ると思います。それでお昼くらいまでのんびりして帰るって」

「そっか。うちの方には、六時に行くって言ってあるから」

「六時ですか？　もっと早く行って、お手伝いしなくていいんでしょうか」

「いいよ。おせちやらオードブルは買ってあるだろうし、兄貴の奥さんもいつもなにもしてない」

「そうなんですか」

こういうことに関して男の人の言い分をどこまでうのみにしていいのかはわからないが、あまりでしゃばってもいけないだろうし、様子を見て動こう。

和樹がうれしそうに額にキスしてきた。

「楽しみだな、佳菜を見せびらかせるのが」

「み、見せびらかすって……」

和樹の実家には、義兄家族のほか、近隣に住んでいる親戚がふた組集まるのだという。

藤本総合病院で医師をしている義叔父と義叔母には病院で会っているが、その家族に会うのは初めてで緊張してしまう。

佳菜は自分のことを、ごく普通の人間だと思っている。真面目に働いているし家事もやるが、特技はないし特別美人でもない。

見せびらかせるような要素なんてないだろうに、和樹は甘いものを前にしたときくらいうれしそうだ。

こんな顔を見せられたら、この人に愛されているのではと勘違いしてしまう。

本当にそうだったらいいのに。

そんな願いを口にはできず、佳菜は黙って和樹の胸に顔をうずめ、胸いっぱいに彼の匂いを吸った。

元日の朝は綺麗に晴れた。

いつも休日の朝はのんびりしているのだが、佳菜は仕事に向かう際と同じ時間に起き、部屋着でなく外出用の服に着替えてしっかり化粧をした。

和樹はまだ眠っている。

いつも忙しい彼の眠りを邪魔したくなくて、起こさないようそっとベッドを出たのだ。昨晩初めて体を重ね、裸のまま寝てしまった彼を恥ずかしくて見ていられなかったというのもある。

エプロンをして雑煮の用意をしはじめる。汁は昨晩作っておいたから、あとはかまぼこと三つ葉を切るくらいで準備は簡単だ。

玄関には正月用の花が飾ってある。宗治に、きちんとした生活を送っていると思ってほしかった。

「おはよう」

いつの間にかそばに立っていた和樹に声をかけられ、小さく飛び上がった。

もう少ししたら宗治が来るからか、白いシャツにVネックのニットという、きちんとした格好をしている。

「お、おはようございます」

和樹の顔を見上げて挨拶を返したが、すぐに恥ずかしくなって目を逸らした。

「体は大丈夫?」

「は、はい」

昨晩の情事を思い出して、顔が熱くなる。

本当は、まだ自分の中になにか入っているような違和感が若干あるのだが、それは言わないことにした。

「なにか手伝うよ」

気持ちはありがたいが、手伝ってもらうほどのことはなにもない。

「もうできますから、ゆっくりしてて大丈夫ですよ」

「そうか、ありがとう」

和樹はソファに座ってリモコンでテレビの電源を入れた。

ワッと歓声があがったのが聞こえた。テレビ画面の向こうでは、晴れ着姿の芸能人たちが大道芸を見て盛り上がっている。

和樹がチャンネルを切り替えた。今度は駅伝。またチャンネルが切り替わる。時代劇の再放送が流れだし、和樹はテレビの電源を切った。

「正月のテレビって」

「見るものないですよね、案外」

「そうなんだよ。気が合うな」

和樹がソファから立ち上がって、ダイニングの椅子に座った。

「佳菜を見ている方がずっと楽しい」

「あんまり見られると緊張します。手もとが狂って手を切ったら、どうしてくれるんですか」

「俺、縫合には自信あるよ」

本当に自信満々で言うものだから、思わず笑ってしまった。

外科医ジョークは卑怯だ。看護師ジョークで返したいところだが、残念ながら思いつかなかった。


九時頃来ると言っていた宗治は、十分前にはふたりの住むマンションにやって来た。

「悪いな。年寄りは朝が早いんだ」

「全然いいよ。すっかりおなか減っちゃって、おじいちゃんまだかなと思ってたから」

宗治がこの家に来たのは初めてだ。

佳菜が引っ越してきたとき、宗治は退院したばかりで手伝えるような状態ではなかった。それからも、佳菜が宗治に断られたものの結局週に二回はおかずを持って実家に帰っていたので、あえてこちらに来てもらう用もなかったのだ。

「森下先生、あけましておめでとうございます」

和樹も玄関まで出てきて、笑顔で頭を下げた。

和樹と宗治は主治医と患者なので、退院してからも病院で何度も顔を合わせている。

「おう、おめでとう。今年もよろしく頼むよ。……しかし立派なマンションだなあ」

宗治は感心したような顔で言った。

「この花は佳菜が？」

宗治は、佳菜が玄関に飾っておいた正月らしい生け花を指さした。

「うん。なかなかのもんでしょ」

「ばあさんの方がうまかった」

「おばあちゃんと比べられるのはつらいなあ。かなうわけないもん」

母親を早くに亡くしたから、料理でもなんでも佳菜の先生は祖母だった。祖母は器用な人で、料理だけでなく生け花の腕も相当なものだった。

「さあ、入って入って」

宗治の手を引き、リビングに入る。

広さにびっくりしたのか、宗治は目をパチパチさせて部屋の中を見回す。

「こりゃあ掃除が大変そうだ」

「週に二回業者さんに頼んでるから、私はたまに掃除機かけるくらいかな」

「贅沢――ではないな。佳菜も働いてるんだし」

「そうですよ。さ、どうぞ座ってください、森下先生」

和樹がダイニングの椅子を勧めた。

「ああ、ありがとう……しかし、和樹くんにいつまでも『森下先生』と呼ばれるのは妙な気分だな。病院でなら、まだわかるんだが」

「そうですよね……ただ、ほかにどう呼ばせていただけばいいのかわからなくて」

和樹が困った顔をする。

これが、宗治が佳菜の父親だったのなら『お義父さん』でよかっただろうが、宗治は祖父だ。『おじいさん』とはちょっと言いづらいだろう。

「まあいいじゃない。おじいちゃんのこと先生なんて呼んでくれる人、もうほとんどいないんだし」

正月料理をテーブルに並べ、佳菜も和樹の隣に腰を下ろした。

「それでは改めてあけましておめでとうございます。今年もよろしくお願いします」

礼をした和樹の横で、佳菜も頭を下げた。

「……ああ。今年もよろしく」

一拍置いて宗治も頭を下げる。それからさっそく雑煮を口に運び、目を細めた。

「ばあさんの味だ」

「おいしいでしょ。お雑煮とうま煮はちょっと自信あるんだ」

「おいしい」

和樹はうんうんうなずきながら雑煮の餅にかじりつく。

「お代わりある？」

「たくさんありますよ、うま煮も」

「いくらでも食べたいな」

和樹はいつもながらいい食べっぷりで、見ていて気持ちがいい。

「おじいちゃんは、お餅気をつけてね。小さく切ろうか？」

「おい、年寄り扱いするな」

「だって年寄りでしょ。都合の悪いときだけ若くならないでよ」

ポンポンと言い合っている佳菜と宗治を、和樹は楽しげに見ている。

「まったく……大変だなあ、和樹くん。こんな生意気な子を嫁にもらっちまって」

「いえいえ。私にとって佳菜以上の人はいません」

「そうか？」

「なにに対しても一生懸命で、いつも笑顔で、かわいくて。……もう佳菜と結婚する前の自分がどうやって生きていたのかわからないくらい、毎日が楽しいです」

「ちょ、ちょっと、和樹さん」

祖父の前でこれでもかというくらい惚気《のろけ》られ、佳菜はおろおろしてしまった。

「そ、そうかい」

昔の男である宗治は、直球の惚気に面食らった様子だ。

「和樹くんは、病院で会うのとずいぶん雰囲気が違うな」

「佳菜にも言われます。そんなに自覚はないのですが」

「病院だともっとこう、クールな感じだろう？」

「さすがに、病院で佳菜のことを思い出してにやにやするわけにはいきませんからね。それに患者さんの前では一定の機嫌でいたいですし」

「それはわかるな」

宗治はうま煮を取り皿に取り、うなずいた。

「患者はこっちが思う以上に医者の機嫌に敏感なものだ。不愛想なくらいでいいから、いつも同じ態度でいた方がいい」

宗治が里芋を口に運んで「うまい」と小さな声で言い、目を細める。

そして部屋を見回し、並んで座っている和樹と佳菜に目をやり、箸を置いた。

「おじいちゃん？」

「和樹先生にとって俺は、面倒な患者だったと思う」

「いえ、そんなことは」

「俺だったらものすごく嫌だね、知識だけは無駄にあって、それでいて最善の治療は拒否する、頑固なじいさんの相手なんてするのは」

　宗治がなにか大事なことを話そうとしているのを察し、佳菜と和樹も食事の手を止める。

　せっかくの正月に手術の話題を出して嫌な思いをさせたくなかったのだが、まさか宗治の方から言いだすとは思わなかった。

「退院してから何度も通院したが、君は手術をするよう説得はすれど、考えを曲げない俺に一度も嫌な顔をしなかった。そして――」

　佳菜の方を見て、宗治は話を続ける。

「佳菜が、本当にいい顔で笑うようになった。急に結婚すると言いだしたときは、すぐにでも出戻ってくるんじゃないかと正直思ったんだが、俺におかずを持ってくるたび、楽しそうに君の話をする。そしてこうして来てみれば、この仲のよさだ。もう佳菜は、俺が死んでも独りぼっちにはならない」

　しみじみと言われ、佳菜は身を乗り出した。

「ちょっと、もうすぐ死ぬようなこと言わないで。さっきは年寄り扱いするなって言ったじゃない」

「実際のところもう七十四だからな。立派なじじいだ。手術しようがしまいが、いつぽっくり逝ったっておかしくない」

宗治は佳菜から和樹に視線を移す。

「和樹先生。手術をお願いしていいだろうか」

佳菜は息をのみ、和樹は目を見開いた。

「もちろんですが……いいんですか？」

「手術の予定が詰まっているかもしれんが、できるだけ早い方がいいな。春には結婚式を挙げたいと院長が言っていただろう。できればそのとき、あまり気を使われたくない」

「おじいちゃん……本当にいいの？」

「ああ。この一か月半、俺なりに和樹先生と佳菜のことを見てきた。その上で、この先生にならら自分の体も大事な孫も任せられると判断した」

宗治の言葉に、和樹は感無量という感じで天井を仰ぐ。

それから真剣な顔で、宗治に右手を差し出した。

「全力を尽くします」

「ああ、よろしく頼む」

がっちりと手を握り合うふたりを見て、佳菜は目を潤ませた。

第七章　佳菜の本音

宗治の手術は、一月三週目の火曜日、午後一時からに決まった。

それからは、和樹は手術に向けた検査をいくつか行い、佳菜は宗治が入院するための準備を進めていった。

そんな中、和樹も佳菜も早く帰れる日があったので、ふたりは宗治が常連の寿司屋へお礼がてら夕食を食べに行った。

「いやあ、あの小さかった佳菜ちゃんが、こんなイケメンのお医者さん連れてくるようになるとはなあ。俺も年を取るわけだよ」

寿司屋の大将にしみじみと言われ、ちょっと恥ずかしくなる。

物心ついた頃から宗治に連れられて何度も来ていたので、大将は佳菜の子どもの頃をよく知っている。

「佳菜ってどんな子でした？」

和樹がカウンターに身を乗り出して尋ねた。

「そうだなあ……大人びた子だったよ。じいさんとばあさんにきっちりしつけられたからお行儀はいいし、味覚も渋かったし」

「渋かったかな」

「渋かったさ。小学生くらいの子は、大抵マグロだのサーモンだのハマチだのを食べたがるもんなのに、その頃からアワビやら赤貝を喜んで食べてたろ」

そうかもしれない。貝類が好きなのは昔からだ。

「そんなこと言われると食べたくなっちゃう。赤貝ください」

「あ、俺もお願いします」

「はいよ」

大将が慣れた手つきで寿司を握りはじめる。

「それにしても、宗治さんは運がよかったよ。倒れたところに偶然お医者さん、しかも心臓が専門の先生が通りかかるなんて、そうそうない」

「あのときは本当にお世話になりました」

佳菜は改めて頭を下げた。

「いやいや、俺なんて救急車を呼ぶくらいしかできなかったんだから、礼を言われるほどのもんじゃないよ。しかしあの後宗治さんがひとりで来て、佳菜ちゃんとそのときのお医者さんが結婚したって聞いたときは、びっくりして飛び上がっちまった」

「え、おじいちゃん来たんですか？」

「ああ。退院した二、三日後だったかなあ。あまりに急な話で、宗治さんもキツネにつままれたような顔してたよ」

ふたりの前に赤貝の握りが出てきた。醤油をつけてさっそくいただく。磯の香りが口いっぱいに広がった。

「あぁ、これはうまいです」

佳菜の隣で、和樹も幸せそうな顔をしている。

「森下先生には、ずいぶんご心配をかけてしまったんだろうなとは思ってます」

「いまの若いもんはなに考えてるのかさっぱりわからん、とはこぼしてたかな。先生ほど身元がしっかりしていて立派な職業に就いている人はそうそういないんで、どこの馬の骨ともわからんやつがいきなり孫を嫁にしちまった、みたいな心配はしてなかったけど」

なにも頼まずとも、大将は次の寿司を握りはじめている。佳菜の大好きなアワビのようだ。

「その後も何度か来てるよ。今月に入ってからも一回」

佳菜と同居していたときより、来る頻度が高くなっている。ひとり暮らしになったから誰かと話したいのだろうか。

「それでまあ、毎回佳菜ちゃんのことばっかりしゃべっていくわけだ。三日にいっぺんは実家に顔を出すなんて、結婚した自覚がないとか文句言うくせに、うれしそうな顔しちゃってさ」

「なんか……すみません、大将に年寄りの話し相手させちゃって」

「いいってこった。そうそう、正月明けに来たときには、先生のことずいぶん褒めてたよ。たいした男だって」

「え、ほんとですか」

　和樹がうれしそうに言った。

「ほんとほんと。病院での誠実で、宗治さんの意向を尊重した診察態度も褒めてたし、佳菜ちゃんが結婚してから本当に幸せそうで、ばあさんに我慢ばかりさせていた俺なんかより夫としてずっと立派だって言ってたよ」

「うれしいです……けど、僕なんて医者としてまだ森下先生の足もとにも及ばないので、ちょっと恥ずかしいです」

　和樹は照れ笑いした。

「そんな先生だから、宗治さんは佳菜ちゃんも自分の体も安心して預けられるって思ったんだろうね。手術はいつだい？」

「来週です」

「そうか。俺が言うのもおかしいけれど、宗治さんをよろしく頼みます」

大将がカウンターの向こうで頭を下げた。

「全力を尽くします」

和樹はカウンターの上で大将の手を取り、力強く言った。


宗治の手術が二日後に迫っている。

佳菜にとっては、待ちに待った手術だ。いよいよだと思うとどうしてもそわそわしてしまう。

今日は勤務が終わり次第、実家に戻るつもりだ。明日には入院だから、ひと晩泊まって付き添う予定だった。

「——佳菜ちゃん。佳菜ちゃん？」

「えっ？」

名前を呼ばれてハッとする。

結婚したときに折り紙でネックレスを作ってくれた子が、不思議そうな表情で佳菜の顔を見上げている。

「点滴、替えないの？」

「あ……ごめん、替える、替える」

勤務中だというのに、宗治の手術のことを考えて、ついボーッとしてしまった。

急いで手に持っていた点滴の新しいパックをカラになったものと取り替える。

「どうしたの？　なんか元気ないね。旦那さんとケンカでもしちゃった？」

女の子は心配そうな顔をしている。祖父の手術が迫っているから気になっちゃって、なんていう個人の事情は、当然だが患者には話せない。

この子は何度も心臓の手術をしている長期入院患者で、いまも自宅に帰るめどが立っていない。自分の方がよっぽどつらい思いをしているだろうに、こちらの心配をしてくれるなんて、本当に優しい子だ。

この子に限らず、長く入院している子は優しい子が多い。そして周りの大人の変化に敏感だ。

正月に家に来ていた宗治と話していて、和樹が『患者さんの前では一定の機嫌でいたい』と話していた。忙しいときなど、焦りが顔に出がちな佳菜はそれを聞いておおいに反省したのだが、プライベートなことに気を取られて子どもに心配されているようでは看護師失格だ。

落ち込んでしまいそうになるが、そうするとまた心配されてしまうので、顔に出さないよう努力する。

「ケンカしてないよ。とっても仲良しだから、大丈夫」

にこっと笑ってみせると、女の子は笑い返してくれた。

「佳菜ちゃん、新婚生活どう？」

「ラブラブ？　いいなあ」

病室のあちこちからそんな声が飛んでくる。

大人と違って、冷やかすような感じがないだけに、かえって照れくさくなる。

「ま、まああかな」

佳菜は曖昧な笑みを浮かべてごまかし、廊下に逃げた。

子どもたちから見えない位置でパタパタと右手で顔をあおぎ、頬の熱を冷ます。

ひとつ大きく息を吐いてから、ナースステーションに向かって歩き出す。

途中にある病室で、鈴奈が幼稚園くらいの子どもの手の甲に点滴を打とうとしているのが見えた。

鈴奈は子どもの細い血管に針を刺すのが抜群にうまい。ほかの看護師がどうしてもうまくできないとき、呼び出されるのはいつも鈴奈だ。

技術もそうだが、鈴奈は常にフラットな機嫌でいるところもすごい。

二年間一緒に働いてきて、佳菜は鈴奈がイライラしていたり焦ったりしているところを一度も見たことがない。鈴奈だって人間だ。疲れているときだってあるだろうに、子どもたちの前ではいつだって優しい笑みを浮かべている。

針を刺されても子どもは泣かなかった。がんばったねとその子を褒める鈴奈になんとなく廊下から見とれていると、同部屋の子が手を振ってきた。振り返した佳菜に気づき、鈴奈が廊下に出てくる。

「森下さん、どうかした？」

「先輩みたいなナースになるには、どうすればいいのかなって考えてました」

「私みたいな……って、針を刺すのがうまいってこと？」

「それだけじゃなくて。先輩は、私の理想のナースなんです」

「あら、ありがとう。なんだか照れちゃうわね」

鈴奈がえへへと笑う。美人なのに気取っていないところがまた魅力的だ。

「さ、仕事仕事」

歩き出した鈴奈と並んでナースステーションへ向かう。

やっぱり鈴奈のような人の方が和樹にふさわしいのではと、もう何度も思ったことをまた思う。

婚姻届を出してからいままで、和樹にはこれ以上ないくらい大切にしてもらった。彼には幸せになってもらいたいと心底思う。

宗治の手術が終わったら、この結婚を縛るものはなくなる。

たとえそのとき和樹が佳菜を選ばなくても、みっともなくすがったりせず笑顔でお別れしようと心の中で誓った。


終業後、佳菜は実家に戻り、久しぶりに宗治とふたりで夕食を食べた。

「おじいちゃん、ひとりのときもちゃんと食べてる？」

「飯くらい炊ける。おかずはお前が届けてくれてるだろ」

「そうだけど」

少し痩せたように思うのは気のせいだろうか。読書に夢中になって一食抜いたりとか、そういうことはしていないそうだ。

「体調は？　ばっちり？　熱発したりしてないよね？」

宗治は手術の準備のため、明日から入院する。

佳菜にとっては待ちに待った手術だ。直前になってやっぱりできないなんてことになったらと、気が気でない。

「お前は心配性だな。ばあさんにそっくりだ」

「明日は付き添うからね。一緒に病院行こうね」

和樹は帰ってこないし、今日は泊まっていくつもりだった。

「ああ、よろしく頼むよ」

佳菜はなんだか今日一日ずっとそわそわしていたが、宗治は落ち着いたものだ。

「……おじいちゃんは、怖くないの？」

「怖くはないな。どこをどうされるのかはよくわかっているし、藤本総合病院の心臓血管外科の治療は最先端レベルだ。使う機器もだし、和樹先生の腕も評判がいい」

「オフポンプで、内視鏡下のロボット手術だったよね」

「ああ」

オフポンプとは、人工心肺は使わず心臓を動かしたまま行う手術の方法で、そうすることにより合併症の危険が減る。

内視鏡下のロボット手術とは、胸に四つの穴を開け、そこからメスや鉗子《かんし》、カメラを装着したロボットのアームを差し込んで、医師はカメラから送られてくる画像を見ながら離れたところから操作する手術だ。

　小さな穴を開けるだけだから、従来の胸の部分を切り開いて行う手術よりも患者の体の負担はずっと軽い。傷がすぐふさがるため、術後三、四日での退院も可能だ。

「俺が現役を引退したのは、まだロボット手術が出たばっかりの頃だったからな。この手術法ならそこまで難しくなさそうだし、確実に俺より和樹先生の方がうまいだろうよ」

「それがわかってるなら、倒れた後すぐ手術に同意してくれたらよかったのに」

　佳菜は唇を尖らせる。

「それでも、やってみないとわからないのが手術なんだよ」

　宗治は噛みしめるように言った。

「人の顔がみんな違うように、体の中だってみんな違う。俺は何千回と手術をしてきたが、ひとつとして同じ手術はなかった。あてにしていた血管が想像していた位置に見あたらないなんてこともざらだった」

　食事を終えた宗治が立ち上がる。

「佳菜、こっちに来い」

「なに？」

「いい機会だから、いまのうちに教えておく」

連れていかれたのは、和室の押し入れの前だった。宗治は襖を開き、来客用の布団が積んである横にさりげなく隠されていた茶色い袋を出した。

「この中に、俺がいなくなったとき必要になるものが全部入っているからな」

「え……」

通帳、土地の権利書に株の口座の控え。そして終活ノートには宗治の知人や友人の連絡先、お寺に関すること、延命治療は望まないことなどが整理して書かれていた。

現金も百万円ほど入っている。人が死ぬと、その人の口座からはいったんお金が下ろせなくなるからだろう。至れり尽くせりだ。

「……おじいちゃん」

「遺産はたいしてないぞ。お前に残してやれるのはこの家くらいだが、和樹くんがいれば大丈夫だろう」

「もう、いますぐにでも死ぬみたいに言わないでよ」

佳菜は苦笑しながら宗治の二の腕を叩く。

宗治にしてみれば、いつか必ずくるその時のためにということなのだろうが、冠動脈バイパス手術を明後日に控えたいまは、あまり聞きたい話ではなかった。

その夜佳菜は、もともと自分が使っていた部屋に来客用の布団を敷いて横になった。ベッドは新居に運んでしまったからだ。

ひとりで眠るのは久しぶりだった。

何度も寝返りを打つが、眠気はなかなかやってこない。

冠動脈バイパス手術が成功率の高い手術なのは知っているし、和樹の腕には絶大な信頼を置いている。だから不安に思う必要などないとわかっているのに、じわじわと黒い染みのような不安が心に湧いてきて、消えてくれない。

せめて宗治や和樹の前では、顔に出さないようにしなければ。

翌日昼過ぎ。有休を取っていた佳菜は入院用の荷物を持ち、宗治と一緒に藤本総合病院へ向かった。

院長からは個室を勧められたが、宗治は大部屋でいいと断った。

四人部屋の窓側のベッドに荷物を置き、パジャマに着替えてもらう。

手術に備えて今晩九時からは絶食だ。

「それじゃあ、私行くね。明日手術の一時間くらい前にまた来るから」

「ああ、世話かけるな」

「看護師さんたちにわがまま言ったりしないでよ」

「ぬかせ」

同室の入院患者たちに軽く頭を下げて部屋を出る。

次に向かったのは、心臓血管外科のナースステーションだ。

「すみません」

外から声をかけると、中にいたナースたちの視線がいっせいに佳菜の方に向いた。

「あら……」

向けられた目の大半は冷めたものだ。

いきなり和樹と結婚した佳菜を、心臓血管外科のナースたちがおもしろく思っていないというのは知っていたが、宗治が世話になる以上挨拶はしておきたかった。

「小児科の森下です。今日からまた祖父がお世話になります、どうぞよろしくお願いします」

挨拶をして頭を下げたが、ナースステーションには少し白けたような空気が漂っている。

宗治が倒れた日の終業後、和樹に告白して振られた佐藤という看護師の姿は見られなかった。休みなのか病棟を回っているのかはわからない。

唯一、佳菜の同期で宗治が倒れたとき救急対応してくれた看護師だけが、元気よく「任せておいて」と肩を叩いてくれた。

「お忙しいところ、お邪魔しました。失礼します」

もう一度頭を下げて、その場を去る。

みんなプロだ。まさか自分のことが気に入らないからといって宗治への対応が変わったりすることはないだろうが、けっして小さくはない不安を抱えている佳菜には、ナースたちの冷たさがこたえた。

入浴剤のぶちまけられたロッカーが目の裏に浮かぶ。誰がやったのかは、いまだにわかっていない。心臓血管外科の看護師だったらと思うと怖くなった。


病院を出たときには小雨が降っていた。

途中でスーパーに寄ろうと思っていたのだが、それを見て一気に面倒になり、まっすぐ自宅に帰った。肉も野菜もなにかしらある。今晩の食事は、冷蔵庫に入っている食材で適当に作ろう。

時間が早いのでひと休みしようと、部屋着に着替えてからルイボスティーを入れる。疲れたときのご褒美用に買ってある、ちょっといいチョコレートもひと粒添えた。

熱いお茶を飲んでも、気分は落ち着かない。

明日の手術に向けてナーバスになっているのがわかる。そんな自分が嫌でしかたなかった。

宗治が手術を受けてくれるのを心待ちにしていたはずだったのに、これではまるで、和樹を信用していないみたいではないか。

普段あまりつけないテレビの電源を入れてみる。

平日の夕方は、情報番組かドラマの再放送ばかりで、興味をそそられるものはなく、ザッピングしてすぐに電源を切った。

こんなとき、実家にいたなら徹底的に家を掃除して気を紛らわせたりできた。残念ながら、週二で業者の掃除が入るこの家は綺麗すぎる。

かといって本を読んだりする気分でもなく、まだ時間はずいぶん早いのだが、夕食の準備をはじめることにした。

主菜は全然思いつかなかったが、冷凍庫に鶏もも肉が一枚あるのを見つけて、から揚げを作ることにした。

添えるためのキャベツを野菜室から取り出す。上から二枚剥いで洗い、千切りにしていく。

ざくざくと半分ほど無心で切っていたところで鋭い痛みが走った。

「痛っ！」

佳菜は左手を押さえた。中指の先を結構ざっくりやってしまい、血が滴っている。

なにをやっているんだろう。うんざりを通り越して悲しくなってきた。

指の根元をティッシュの上からぐっと押さえ、手を心臓より上にして血が止まるのを待つ。この家に来てからまだ一度も使ったことはないが、救急箱は納戸にあったはずだ。

出血がだいたい収まってから手あてをした。我慢できないほどではないが、ズキンズキンと鈍く痛む。

すっかり料理をする気分ではなくなった。せめて和樹には揚げたてのから揚げを出そうと油の用意だけして、自分の部屋に引っ込んだ。

シングルベッドにごろりと横たわる。

添い寝をはじめた日からはあたり前のように和樹の部屋で一緒に眠っているから、妙な気分だ。

左手を顔の前に掲げた。中指には大きめのサイズの絆創膏が巻いてある。

情けない。

明日の手術を不安に思っている罰のように思えた。

それからは、横たわったままただボーッと和樹が帰ってくるのを待った。

もうすぐ帰るというメッセージがスマートフォンに届いてからノロノロと起き上がって、から揚げを揚げはじめる。キャベツはもう触る気になれないので、トマトだけ切って添えた。

「ただいま」

「おかえりなさい」

七時頃帰ってきた和樹は、まったくいつもと同じ様子だ。

明日は佳菜にとってはこの上なく大事な手術だが、和樹にとっては毎日何件もやっている手術のひとつなのだということを思い知らされる。かといって変に気負われても困ってしまうのだが。

汁物を温めて、すぐに食事にした。佳菜は食欲が全然なかったが、和樹に心配されたくなくてご飯の量を普通に盛った。

しかし食べはじめてすぐ、和樹は佳菜の手のけがに気がついた。

「その指、どうした?」

「あ……包丁で、ちょっと切っちゃって。たいしたことはないんです」

そう答えたが、和樹はまだ心配そうな顔をしている。

「洗い物は俺がやるよ」

「大丈夫ですよ。使い捨ての手袋をしてやりますから」

「いいから」

「……ありがとうございます」

あまり突っぱねるのもどうかと思い、素直にお礼を言った。

いつもより品数が少なく彩りの悪い食卓を気にする様子もなく、和樹はもりもりご飯を食べている。相変わらず食欲旺盛だ。

怖くはないのだろうかとふと思った。人の心臓の血管をいじるなんて。

ただ、高校の友達などに看護師になったと言うと『人の血管に針刺すの怖くない?』と聞かれたりするから、周りが思うほど怖くはないというか慣れるものなのかもしれない。

「食べないのか?」

「え?」

聞かれて気づいたが、手が止まっていた。

から揚げを口に運ぶ。おいしいのかおいしくないのか、よくわからない。

「明日は十二時くらいに来てくれたらいいから」

「わかりました」

佳菜は明日も有休を取っている。宗治の手術が終わるまで付き添うつもりだった。

手術は何事もなければ、二時間もあれば終わるはずだ。

早く、終わってほしい。

「森下先生が冠動脈バイパス手術をしはじめた頃は、人工心肺を使って心臓を止めて、胸の部分を大きく切るようなやり方しかなかっただろうから、本当に大変だったと思う。手術する方も、される方も」

「ですよね……」

胸骨を切って開いてとなると、入院期間もずいぶん長かっただろう。

「でもいまのやり方なら、小さい穴を四つ開けるだけだから、三日も入院すれば家に帰れる。それに俺は、もちろん森下先生ほどの数をこなしてはいないけど、内視鏡手術で失敗したことが一度もない」

だから大丈夫だと言ってくれているのがわかる。

「……はい」

和樹の気遣いがありがたくもあり、申し訳なくもあった。

その晩、和樹と同じベッドに入ってからしばらく経っても、眠気はまったくやってこなかった。前日もあまり眠れていないのに。

普段は寝つきのいい和樹までたぶん自分を気にして起きているのを見て、寝なきゃ寝なきゃと焦るが、焦ったところで眠れるものでもなく、小さくため息をつく。

「少し、話そうか」

真上を向いていた和樹が、佳菜の方に体を向けた。

「なににについて話しましょうか?」

「そうだなあ……なぜ俺が心臓血管外科医になったか、とか」

「おじいちゃんの手技を見て憧れたから、でしたっけ?」

「そうだね、それもある」

「後進の育成に熱心なところに感銘を受けたから?」

「それもある」

和樹の手が、佳菜の左胸に触れた。心臓の真上辺りだ。色を感じさせる触れ方ではない。

「実家が総合病院を経営していたし、人から必要とされる仕事がしたいと思っていたから、医者になること自体はわりと早い段階から決めていた。中学生とか、そのあたりだったかな。ただ、藤本総合病院の強みが脳外科だったから、自分は脳外科医になるんだろうなと漠然と思ってた」

佳菜は黙って和樹の話を聞く。

「綺麗だと思ったんだ」

「え？」

和樹は自分の手をじっと見ている。その下にある佳菜の心臓が見えているみたいだ。

「内視鏡に映った、動いている心臓を初めて見たとき。拍動する様子は、まるで別の人格を持った生き物みたいだった。命の根源を見た思いだったよ」

和樹はあいている方の手で、佳菜の右手を取る。パジャマの上から和樹の左胸のすぐ下の肋骨の間に触れさせられると、指で彼の心臓の拍動を感じることができた。

「明日はこの辺りに穴を開ける。俺は内視鏡で、森下先生の心臓を見る。そして、命が脈打つ様子に尊さを感じながら、バイパスを作る」

「……はい」

「森下先生が、俺みたいな若造に体を預けてくれることを、光栄に思うよ。最善を尽くすと誓う」

「……はいっ」

和樹の誓いを聞いているうちに、涙があふれてきてしまった。

「ご、ごめんなさい」

「どうして謝るんだ?」

震える手を和樹が握ってくる。

「和樹さんにおじいちゃんの手術をしてもらえるなんて、こんなありがたいことはないはずなのに……私、怖くてしかたないんです」

「謝らなくていい。大事な人が心臓をいじられると聞いて、怖くない人なんていない。成功率の高い低いは関係ない」

和樹の声があんまり優しいものだから、涙が止まらなくなる。

佳菜は和樹にすがりついた。怖くて怖くて、どうしようもなかった。

「大丈夫だよ、佳菜」

大きな手が、背中をなでてくれる。

涙は止めどなくあふれ続ける。

「大丈夫だから。手術が終われば、もう君にそんな顔はさせない」

泣き続ける佳菜の背を、和樹は辛抱強くなで続ける。

「森下先生は、絶対に俺が救うよ」

「はい……はい……」

自分をしっかりと抱くこの手が、明日祖父の心臓を治してくれる。そう思うと、やっと両目からあふれていた涙が止まった。

すっかり濡れてしまった和樹のパジャマの胸の辺りに頬をこすりつけ、目を閉じる。

どのくらいそうしていたか。やがて佳菜は、ぷっつりと糸が切れたように眠りに落ちた。


翌朝。

佳菜が目を覚ますとすでに和樹の姿はなかった。いつもならだいたい佳菜の方が早く起きるのに。

体を起こそうとしたところで目覚まし時計が鳴った。時刻は午前九時だ。和樹が遅い時間にセットしてくれていたようだ。

リビングに行ってみたが、当然ながらもう和樹はいなかった。

佳菜は部屋を見回し、ダイニングテーブルの上に置手紙があるのを見つけた。

【おはよう。よく寝ていたので、起こさなかった。後で病院で会おう】

大事な手術の日だというのに、朝食を出せなかった。

軽く落ち込みかけたが、キッチンを見ると食パンを焼いて食べた形跡がある。フライパンも洗ってあるところを見ると、玉子とソーセージくらいは食べていそうだ。ならいいか、と自分でも意外なくらいあっさり思えた。

昨晩あれだけ泣いたせいだろうか。気分はスッキリしている。

朝食を食べる前に顔を洗おうと洗面所へ向かう。鏡に映った自分は、顔がむくみ、まぶたが腫れぼったくてひどい顔をしていた。自分でも笑ってしまう。

冷たい水で顔を洗うと一気に目が覚めた。それから着替えを済ませ、簡単な朝食を取り、化粧をする。

やることがなくなったので、まだだいぶ早いが病院に行くことにした。

どうせ家にいたって落ち着かないのだ。宗治と世間話でもしていよう。

冬の冷たい風にあたりながらゆっくり歩いて病院に行き、宗治のいる大部屋へと向かう。

宗治はベッドの頭側を上げて、退屈そうに窓の外を眺めていた。

「おじいちゃん」

「お、もう来たのか、早いな」

「調子はどう？」

佳菜はベッド脇にあった丸椅子に座った。

「腹が減った」

「そりゃしかたないよ」

宗治は昨晩九時から絶食で、今朝からは飲み物も禁じられている。

「早く終わるといいね」

「ああ。だがロボット手術を自分が受けられるなんて、ちょっと楽しみだな。麻酔がかかっていて感覚がないのが残念なくらいだ」

「おじいちゃん、意識があるからって、手術中に余計なおしゃべりして和樹さんの気を散らさないでよ」

数日前に行われた手術の説明を、佳菜は宗治と一緒に聞いた。

麻酔は宗治の希望でアウェイク、つまり胸部にのみ局所麻酔をかけることになった。全身麻酔より体の負担が軽いからというが、佳菜は宗治が手術の様子を見たいからアウェイクを選んだのだろうと思っている。

たわいのない話をしているうちに、手術の開始時間が迫ってきた。

宗治はベッドの周りをカーテンで覆ってパジャマから術衣に着替え、ベッドをフラットに戻す。

「森下さん、ルートの確保させてください」

カーテンの向こうから看護師の声がした。

「はーい」と返事をして、佳菜はカーテンを開いた。

「あ……」

そこにいたのは、宗治が倒れたあの日、和樹に振られたという佐藤だった。

「よろしくお願いします」

佳菜は軽く頭を下げた。佐藤は気まずそうな顔をしているが、佳菜もたぶん同じ顔をしている。

ただ、佐藤から敵意のようなものは感じられない。そして佐藤は点滴を刺すのがうまかった。

あっという間に作業を終えた佐藤が「……ちょっと、いい？」と目配せしてきた。

「あ、はい」

佐藤のうしろについて、病室を出る。

「……悪かったわね」

廊下に出るなりそう言われた。視線は気まずそうに床へと向いている。

「え？」

「私が振られてすぐ、あなたが和樹先生と結婚したのが許せなくて……つまらない嫌がらせしちゃった。こっそり背中汚したり」

「ああ……」

そんなこともあった。結局染みが取れなくてナースウエアを何枚か買ったが、そんなに高価なものではないし、もう気にしていない。謝ってくれるならそれでいい。

「初めは、絶対なにかの間違いだって思った。だって私、誰よりも和樹先生のこと見てたから。誰かと付き合ってる様子なんて、まったくなかったって言いきれるもん」

「そう……でしょうね」

実際、佳菜と和樹は交際期間ゼロ日で結婚している。

「だけど……結婚してから、和樹先生はどんどん変わっていった」

「え？」

「ああ、仕事中は変わらないわよ。あのクールな先生のまま。でもねたとえば、休憩室でお弁当を開けた瞬間にフッと笑うの。毎回。その顔があんまり幸せそうで、横からかっさらわれたと思っていたけれど、初めから私の入る余地なんてなかったんだって思い知らされたわ」

佐藤は、すっかりあきらめたような顔をしている。

「……急な結婚で、いろんな方を戸惑わせてしまったのはわかっていますし、申し訳ないとも思っています。だから、あまり気にしないでください」

「ありがと。そう言ってくれると助かる」

佳菜はひとつ肩の荷が下りた気分になった。

そしてふと、先日場所を交換してもらったロッカーのことをふと思い出した。

「でも、入浴剤は使いたかったかな」

ナースウエアよりそちらの方が惜しかったので、ついこぼしてしまったのだが。

「入浴剤？　なんのこと？」

怪訝そうな顔をされた。

「あ——いえ、忘れてください」

「そう？」

軽く首をひねりながら、佐藤はナースステーションに引き上げていった。

宗治の手術がはじまった。

いま佳菜は、家族用の控室で、和樹が見ているのと同じモニター映像を見ている。

カメラに映っている宗治の心臓は、病を抱えているようには見えないほど力強く拍動していて、命の塊のように思えた。

綺麗だと思ったという和樹の気持ちがわかる気がした。

それにしても、と、さっきの佐藤との会話を思い出す。

佳菜のロッカーを開けて愛理がくれた入浴剤をぶちまけた方の嫌がらせは、佐藤がやったのではないらしい。ひとつの罪を認めておいてほかについては嘘をつく、なんてことはしないだろう。

佳菜を気に入らない人は何人もいる。階段で突き飛ばしてきた相手だっていまだに誰かわからないし、心臓血管外科のナースステーションに挨拶に行ったときだって、けっして温かい空気ではなかった。

それでも、みんないい大人だ。嫌がらせまで実行するのは、憧れ程度ではなく和樹が本当に好きで執着している人物だろう。

目の前のモニターでは、鉗子やメスがすばやく動き続けている。

和樹は全力を尽くすと誓ってくれた。彼はいま戦っているのだ。

でも、手術は医師ひとりでやるものではない。

もし、オペ室の看護師がロッカーを荒らしたり、階段で突き飛ばしてきた人物だったら？

嫌な想像をしてしまい、背中に冷たい汗が流れる。

「……大丈夫」

佳菜は声に出して言い、両手を握る。

和樹を信じようと、心を落ち着けた。


時計はじれったいくらいに進まない。

大丈夫大丈夫とつぶやきながら、モニターを見つめ続ける。そして控室に入って一時間半ほど過ぎたところで、フッとモニターの映像が消えた。内視鏡が抜かれたのだ。

バイパスがうまくできたから抜かれたのだと思うが、緊急事態が発生して切開手術に切り替わった可能性もなくはない。

じりじりとした思いで、スタッフが来るのを待つ。

やがて、コンコンとノックの音がした。

「は、はい」

返事をして立ち上がる。ドアが開き、現れたのは主治医の和樹だった。

顔が笑っている。

「うまくいったよ。もう大丈夫」

「よ、よかった……」

安心しすぎて腰が抜けそうになった佳菜を、和樹が慌てて支える。

「集中治療室にいるから会いに行こう。そこで手術の経過と、これからのことを説明するから」

「わかりました」

佳菜は和樹に連れられて集中治療室へ向かう。

自動ドアが開き、その先に酸素マスクをつけた宗治の姿が見えた。

「おじいちゃん」

宗治が点滴の刺さっていない方の手を上げ、親指を上に向けたのを見て、涙が出た。

第八章　二度目のプロポーズ

宗治の手術が無事に終わった次の日から、佳菜は通常勤務に戻った。

和樹の帰りは、昨日も遅かった。来週には心臓血管外科学会があるらしいから、しばらくはこんな感じなのだろう。

でも……その後は？

佳菜が結婚して幸せに暮らしている姿を見せて宗治に手術を了承してもらうという、当初の目的は達成された。

和樹の方からも、仕事に集中するため既婚者という肩書きが欲しいという要望はあったが、その相手は佳菜である必要はない。

宗治の手術の前など、ずいぶん感情的になって和樹には心配をかけてしまった。

彼の妻にはもっと落ち着いていて聡明な女性の方がふさわしいのではという思いは強くなるばかりだ。

「おじいさまは、もう大丈夫そうなの？」

夜勤のメンバーとの引き継ぎが終わった後、鈴奈が尋ねてきた。

そう、鈴奈のような、仕事ができて大人で美人な女性の方が——。

「森下さん？」

「あ、はい。もう心配いらないだろうって、和樹さ——先生が。点滴はついてますけど、もう自由に歩き回ってますし」

「そう。和樹先生が言うなら、間違いないわね」

「先輩には、本当にご迷惑をおかけしました」

宗治の手術が決まったとき、一月のシフトはもう決まっていた。手術の前日と当日、出勤するはずだった佳菜とシフトを替わってくれたのが鈴奈だった。

「気にしないで。とくに予定もなかったし」

「あの、これつまらないものなんですけど」

佳菜が差し出したのは、自宅近くにある洋菓子屋で買ってきたクッキー。

佳菜も好きで何度か自分用に買っているもので、プレーンとカカオが五枚ずつ入っている。お礼として大げさになりすぎず、ちょうどいいと思った。

「あら、うれしい。ありがとう」

ピンクと赤の大柄の花がデザインされた紙袋の中身を見て、鈴奈は笑顔でクッキーを受け取ってくれた。

それからいつものように忙しく働き、夕方を過ぎた頃だった。

廊下を歩いていて、顔なじみの掃除係の女性職員が、休憩室のごみ箱にたまったごみを半透明の大きなごみ袋にあけて出てきたところに出くわした。

「こんにちは」

「はい、こんにちは」

笑顔で挨拶を交わし合って、すれ違おうとしたとき。

「──待ってください」

ごみの中に、視界の隅で引っかかるものがあって、反射的に女性職員を呼び止めた。

「はい、どうしました？」

見覚えのある柄に、胸がざわざわする。

「ちょっとすみません」

佳菜はごみ袋の中に躊躇なく手を突っ込んだ。

「え!?　ちょ、ちょっと、汚いですよっ」

戸惑う女性に言葉を返す余裕のないまま、無言で目的のものを掴む。

取り出した紙袋には、華やかなピンクと赤の花が印刷されていた。

店名のロゴを見るまでもなく、佳菜の自宅近くにある洋菓子屋のものだ。

食べ終えたから捨てたのかもしれないと思いたいが、手にかかる重さが違うと言っている。

開けてみると、中にはクッキーが二種、十枚、買ったときのまま入っていた。

「……先輩」

佳菜は女性職員の前で立ちすくむ。

「どうしたの？　あなたのだったの？」

掃除係の女性職員は心配そうだ。

「いえ……お騒がせしました」

佳菜は曖昧に微笑み、紙袋をごみ袋に戻した。


病棟に戻り、扉の開いた病室を廊下からゆっくりと見て回る。

そのうちのひとつに、いつもと変わらない優しい笑みを浮かべた鈴奈の姿があった。

鈴奈の顔が、廊下からじっと自分を見ている佳菜の表情を見て、わずかにゆがむ。

「それじゃ、また後で来ますね」

鈴奈が患者の母親に軽く頭を下げて、大部屋から出てきた。

「どうしたの？」

何気ないふうを装っているが、佳菜の様子がおかしいと気づいているようだ。

「クッキー、お好きじゃなかったですか」

「なんの話?」

鈴奈は休憩室の方に向かって廊下を歩き出した。そのうしろについていく。

「すみません、見てしまいました」

そう言うと、鈴奈はスッと真顔になる。

「……そう」

いまだに信じられない思いだった。

もしかしたらほかの嫌がらせも鈴奈だったのかもしれないと、不意に思う。

「ロッカーに入れてあった入浴剤を全部開けてぶちまけたのも先輩ですか」

鈴奈は白けたような顔で歩き続けている。

否定しないのか。

ショックだった。自分はそこまで憎まれていたのだろうか。

佳菜が藤本総合病院で勤めだしてからの二年間、鈴奈とは先輩後輩としてずっと仲よくやれていた。

だから原因は、ひとつしか考えられない。和樹と結婚したことだろう。

鈴奈が休憩室に入った。続けて入り、扉を閉める。

「なんで、あなたなの」

低い声で言われた。

「え？」

「私の方が、和樹先生のこと、ずっと好きなのに！」

パーンッと乾いた音がした。遅れて左の頬がじわじわと熱くなっていく。

信じられないことに、平手打ちをされたようだ。口の端が少し切れたのがわかる。

もう鈴奈は、佳菜への憎しみを隠そうとはしていない。体の両脇で拳を握りしめ、射貫くように佳菜を睨みつけてくる。

「先輩……」

そこへ、心臓血管外科の同期が休憩室のドアを開け、真正面から向き合っているふたりを見てギョッとした顔をして駆け出していった。

「私は和樹先生がこの病院に来たときから、ずっと好きだった」

今度はドンッと強く胸を押され、佳菜はロッカーに背中をぶつけた。衝撃で、一瞬息が止まる。

「ほかのみんなは、和樹先生の見た目や立場に対してキャーキャー言ってただけでも、私は違う。新しい科を立ち上げるほど仕事に対して熱意があるところや、どこまでも患者さん思いで自分のことは後回しなところに惹かれたの」

鈴奈が悲痛な声で訴えてくる。目は血走り、口の端はゆがんで震えている。

「ずっと和樹先生を見てたから知ってる。森下さん、彼のことなんてまったく見ちゃいなかったじゃない。それなのに、なぜいきなり結婚なんて話になるの？」

「それは……」

契約結婚だから、とは言えなかった。じわじわと罪悪感が胸に湧いてくる。

いつだって笑顔で落ち着いている鈴奈の、こんな激しい一面を初めて見せられて動揺していた。

「仕事ぶりだって見た目だって平凡で、たいした取り柄もないあなたが彼の結婚相手だなんて、全然納得できない」

そう思っているのは鈴奈だけではなくほかにもたくさんいるだろうし、佳菜本人だってそうだ。

あまり考えないようにしていたが、和樹だっていままで言えなかっただけで、内心そう思っているかもしれない。

やっぱりこんな結婚はするべきではなかった。

尊敬していた先輩である鈴奈からこんなふうに感情をぶつけられ、涙があふれてしまいそうだった。

契約結婚の当初の目的は達成された。もう和樹と偽りの夫婦生活を続けている必要はない。とはいえ和樹は優しいから、自分からはきっと離婚を言い出せないだろう。

今日和樹が帰ってきたら、佳菜から離婚を切り出そう。

そうするのが彼のためだと思ったときだった。

「そこまでだ」

休憩室のドアが勢いよく開き、そこに立っていたのは――和樹だった。

「和樹先生っ」

鈴奈がしまった、という顔をする。

和樹がつかつかと休憩室に入ってくる。

「和樹さん……」

一見冷静そうで、彼の顔がものすごい怒気をはらんでいるのが佳菜にはわかった。

「田辺さんだよね。知ってるよ。君は心臓血管外科ができてから、ずっとうちへの異動願いを出し続けていたから」

その事実を佳菜は初めて聞いた。

「君の異動願いを却下し続けていたのは、俺だ」

「えっ」

傷ついた様子の鈴奈に、和樹は言葉を続けた。

「君の異動願いに書いていた言葉は、心臓血管外科ではなく、俺個人に対する熱意が強すぎた。医療はチームだ。うちに来てもらってもうまくはいかないだろうと思っていた」

和樹の視線が鈴奈から佳菜に移る。目が優しくなるのがわかった。

「佳菜、血が出てる……痛かっただろう」

親指で口の端をそっと拭われ、首を横に振る。

「大丈夫です」

こんなときでも和樹は優しい。彼に愛されていたらどんなにいいかと思わずにはいられない。

和樹が佳菜の肩を抱き寄せ、鈴奈に向き合う。

「佳菜のことを気に入らずにいた他科の看護師に、階段で転ばせるようそそのかしたのも君だな?」

鈴奈はビクッと震えただけで、否定しなかった。

「もう一度やるよう言われ、さすがに良心の呵責を覚えたナースが俺に告白してきた」

「……そうだったんですか」

たしかにあのとき、ひとけの少ない階段を下りて大量の書類を運ぶよう指示してきたのは鈴奈だった。

たまたま捻挫で済んだが、下手したら骨折していたかもしれないのにと、佳菜はショックを受けた。

「俺の大事な妻にひどいことをした報いは受けてもらう。これは暴行だ。懲戒処分は免れないから、覚悟しておくように」

心臓血管外科の同期が、開いているドアから心配そうにこちらを見ている。どうやら彼女が和樹を呼んできてくれたらしい。

「どうして、森下さんなんですか」

鈴奈は自分を抱きしめるような体勢で唇を噛みしめ、睨みつけるように佳菜を見た。

「べつに私が選ばれなくてもよかったんです。和樹先生にふさわしい女性がお相手だったら、それで。私はただ、森下さんが選ばれたことに納得いかなかっただけで」

「田辺さんに納得してもらう必要はないが――佳菜は俺なんかにはもったいないくらい、すばらしい女性だよ」

「どこがですかっ！　森下さんなんて、もう三年目だっていうのにへらへら笑ってるばっかりでたいして仕事もできないし、顔は地味だし、スタイルだっていまいちだし……！」

「先輩……」

尊敬していた先輩に面と向かってぼろくそに言われ、さすがに傷つく。

実際、鈴奈の言っていることは正しい。仕事だって顔だってスタイルだって、全部佳菜より鈴奈の方がいい。

しかし和樹は佳菜を抱き寄せ、まっすぐに鈴奈を見て口を開く。

「佳菜は、優しさと強さとかわいらしさを合わせ持っていて、いつも俺を気遣ってくれる。おかげで俺は毎日家に帰るたびに、心からの安心感を得られる。こんな女性は、いままで俺の周りにひとりもいなかった」

鈴奈の言ったことに対して、和樹が言ったことはすべて佳菜の内面的な魅力だった。

そんなふうに思っていてくれたなんてと、心が熱くなる。

「和樹さん……」

「俺の大切な人をけなすなんて、誰であっても許さない」

肩を抱いてくる手に力がこもった。

「悪いが、君の気持ちには応えられない。俺は佳菜を愛している」

愛している。

初めて言われたその言葉に、胸が震えた。

これは契約結婚じゃなかったのか。宗治の手術は終わったのに、これからも和樹と一緒にいられるのか。

佳菜は和樹の顔を見上げた。まっすぐに自分を見ている瞳に、嘘はなかった。

「君と暮らすようになってから、ずっとこんなに幸せでいいんだろうかと思っていた。もう佳菜のいない人生なんて考えられない。一生俺の隣にいてくれ」

「私もです……私も愛しています。だから、ずっと一緒にいてください」

そう口にしてから、いままで自分がどんなに和樹に〝愛している〟と言いたかったか理解した。

もう〝自分なんて〟と思うのはやめよう。ほかの誰でもない、和樹が〝愛している〟と言ってくれるのなら。

和樹とうなずき合い、強い視線を鈴奈に送る。

「先輩がどれだけ和樹さんを想っていたのかは、よくわかりました。でも私は私なりに、彼を愛しています」

まっすぐに鈴奈の顔を見て言えた。

鈴奈の表情が絶望にゆがむ。

「急な結婚で動揺させてしまったのは申し訳なかったです。結婚の経緯は説明できません。でもこれから先の長い人生を、和樹さんとお互い支え合って生きると誓います」

「……そう」

力なくつぶやいて、鈴奈は休憩室の床に膝をついた。


宗治の手術が終わってから二週間が経った。

術後の経過は順調で、もう日常生活は普通に過ごせている。

鈴奈は退職する意思を師長に伝え、有休消化に入った。

心臓血管外科学会が終わり、和樹の忙しさが一段落したある日、ふたりは注文していた結婚指輪を受け取りにジュエリーショップに向かった。

ハイブランドのショップの前でも、佳菜はもう怯まなかった。

扉を開けてくれたドアマンに笑顔で会釈して、豪華な店内に入る。注文しに来たときも担当してくれた女性店員が、二階の接客スペースへと案内してくれた。

少し待たされた後、リングピローにのせられて結婚指輪がふたつ運ばれてきた。

「わあ……」

緩くウエーブを描いているプラチナのリングに、リング幅のダイヤがいくつも並んでいる。

天井のシャンデリアの光に照らされてキラキラと光っている様は、朝日を浴びている波のようだ。十二月に見たのと当然同じデザインだが、自分たちのものだと思うとよりいっそう美しく見えた。

「内側の刻印と石を確認していただけますか」

「はい」

佳菜のリングの内側には【KAZUKI TO KANA】という刻印と和樹の誕生石、和樹のリングの内側には【KANA TO KAZUKI】という刻印と佳菜の誕生石がそれぞれセットされている。

「大丈夫です」

「それでは、サイズもご確認いただけますか」

「はい」

佳菜は自分の指輪をリングピローに置いて、和樹を見た。これを初めて指に通すときは、彼にはめてほしかった。

左手を前に出すと、和樹はすぐに佳菜の気持ちを察してくれた。

繊細な手術をこなす和樹の頼もしい大きな手が、小さな指輪をつまむ。薬指に通されていく指輪を見ていると、改めて自分は彼の妻なのだという実感が湧いてきた。

「ピッタリだ」

和樹が満足げに言う。

次は佳菜の番だ。自分のものよりひと回り大きな指輪を手に取った。

和樹が真面目な顔で左手を差し出してくる。ゆっくりと薬指に指輪を通しながら、佳菜は和樹と婚姻届を出してからいままでのことを思い出していた。

結婚したばかりの頃は、和樹が自分にとってこんなに大事な人になるとは正直思っていなかったし、自分が和樹にとって唯一無二の相手になれるとも思っていなかった。

宗治の手術が終わったら離婚するだろうと思っていた頃が、はるか昔のようだ。

「ピッタリです」

目を合わせて笑い合う。いまはもう、和樹のいない人生なんて考えられない。

「して帰ってもいいですか？」

和樹が言った。

「もちろんでございます。お箱を用意いたしますね」

女性店員がリングケースを保証書などと一緒に箱に入れ、さらに紙袋に入れていく。その間ずっと、佳菜は自分の指にはまった結婚の証をうっとりと眺めていた。

ジュエリーショップを出たのは、午後三時を過ぎた頃だった。

「どうする？　お茶でもして行こうか？」

和樹が誘ってくる。

たしかにお茶でもしたくなるような時間だが、佳菜は首を横に振った。一刻も早く家に帰りたい。

「もう帰りたいです」

「そう？」

和樹の腕をくいくいと引いて、耳もとにささやきかける。

「家の中じゃないと、和樹さんに抱きつけないから」

「……帰ろう」

佳菜の手をぎゅっと握り、和樹がいまにも走らんばかりの速さで駐車場へ向かって歩き出す。

「安全運転でお願いします」

佳菜は笑った。

マンションにたどり着き、手を握り合ってエレベーターに乗り込む。
いつもと同じ速度のはずなのに、じれったいくらいゆっくりと上がっているように感じた。

降りてからはまた急ぎ足で自宅へ向かい、鍵を開けて家の中に入った瞬間、佳菜は扉と和樹の体の間に挟まれ、唇を唇で塞がれた。

「んんっ……」

和樹の首に腕を回す。何度か唇を押しつけられてから、唇の狭間に舌を入れられる。
とろけるような感覚が気持ちよくて、佳菜は鼻先から甘い声を漏らした。
好きな人とこうして体を寄せることが、こんなに気持ちのいいものだと教えてくれたのは和樹だ。

扉に背を預け、しばらくうっとりとキスに浸っていた佳菜の体が、やがてふわりと浮き上がった。

「あ……ん……」

唇を重ねたまま横抱きにされ、寝室へと連れていかれる。

そっとベッドの上に横たえられている間も、唇は離れていかない。

ふたりの境目がわからなくなるくらいに濃厚なキスを続けられ、意識がぼんやりしてきた頃になってやっと唇が解放された。

「佳菜……愛してる」

ベッドの上でだらりと力をなくしていた左手を取られ、もらったばかりの結婚指輪がはまった薬指に恭しく唇を落とされる。

「私も……愛してます」

自信を持って言えた。

和樹は自分にとって、唯一無二の存在だ。もう、彼から離れるなんて選択肢は佳菜の中にまったくなくなった。

「これからもずっと、俺と一緒にいてくれる？」

「はい、お願いです、私を離さないでっ……」

抱きつくと、それ以上の力で強く抱き返される。

彼の腕の中で、幸せすぎて涙が出そうになった。

「絶対離さない……ああ、俺の佳菜……」

何度も口づけを繰り返しながら、結婚指輪のはまっている彼の指が、佳菜の薄手のニットの中に入ってくる。

　優しく胸をなでられ、佳菜は背中を反らしてあえいだ。

　一枚、また一枚と着ているものが脱がされていく。恥ずかしいけれど、素肌を触ってもらえる喜びの方が大きかった。

　和樹は両手と唇で佳菜の全身をくまなく愛した。佳菜はまるで楽器になったみたいに、彼の手の動きに合わせて甘い声をあげた。

　しばらくして和樹が体をつなげてきたときには、もう手も上げられないくらい佳菜はとろけきっていた。

「あ、ああ……」

「佳菜の中、熱くてすごく気持ちがいい」

　恥ずかしいことを言って、和樹は何度も何度も体を揺さぶってくる。

「あ、だめ……！」

　的確に弱いところを責められ、高い声をあげてしまう。

「佳菜……」

　和樹は繰り返し佳菜の名前を呼び、甘美な刺激を与えてくる。

　最中、彼は何度も「愛してる」と口にした。佳菜も言いたかったが、彼への想いで胸がいっぱいで、うまく言えなかった。

身も心も満たされて、目じりから涙をあふれさせた佳菜の中に、和樹は熱い欲を放った。


行為の後、肩で息をしている彼に擦り寄ると、腕枕をしてくれる。

徐々に呼吸が落ち着くのを感じながら、佳菜は肌が密着している感触に浸った。

「佳菜……」

和樹が佳菜の左手を取って、薬指に何度も口づけてくる。

窓から斜めに差し込む夕陽に照らされ、ダイヤがきらめく。

こんなにまだ明るい時間から交わってしまったと思うと、急に恥ずかしくなる。しかも『もう帰りたいです』と言ったのは佳菜だから、自分から誘ったのと同義だ。

でも指の先まで多幸感に満たされていて、そんなことはどうでもよくなった。

「俺と、結婚してくれないか」

「え?」

冗談を言われたのかと思ったが、和樹はしごく真面目な顔をしている。

「一度目のプロポーズをしたとき、俺は森下先生に手術に同意してもらうためという言い方をした」

そういえばそうだった。そんな話をしたのが、もうずいぶん前に思えた。

「急な話で驚いただろうに、佳菜はすぐにオーケーしてくれた。それは佳菜も森下先生の手術を望んでいたからだろう。でももう手術は終わった。経過も順調だ。佳菜を縛るものはなにもない」

「和樹さん……」

「高価な結婚指輪を贈ったのは、俺の弱さからだ。手術が終わったら佳菜が俺から離れていくかもと思ったら、怖くてたまらなかった」

怖かったのは佳菜も一緒だ。

結婚してからいままでの日々を思う。和樹は佳菜にとって、とっくにかけがえのない人だ。彼を失うことには、もう耐えられそうもない。

佳菜は和樹の手をぎゅっと握り返す。

「私と、結婚してください」

自分からもプロポーズした。

「佳菜……」

「もう、あなたなしでは、生きていけそうにないから……」

「長生きする。約束する」

強く体を抱きしめられる。

大きく息を吸って、彼の匂いで肺をいっぱいにした。

「なに？　六月？　そんなに先になるのか」

和樹とふたりで実家に帰り、結婚式の予定を説明すると、宗治は不満そうに眉を寄せた。

「いまから式場を予約するんだから、それでも早いくらいだよ」

「そんなもんなのか……。まあ、藤本病院の息子の結婚式なんだ、盛大にやるんだろうし、準備に時間がかかるのはしかたないか」

「そうそう」

式場の目星はついている。和樹の兄が結婚式を挙げたのと同じホテルだ。

先週の休みにふたりで見学に行ってきたのだが、披露宴会場は広々としていて大勢の招待客を収容できるし、併設されたチャペルは天井が高く、太陽光がいっぱい差し込むところが気に入った。

宗治と佳菜には親戚がほとんどいないし、宗治はもう仕事を引退している。大病院を経営していて付き合いの広い藤本家と比べたら、招待客の人数には大きな開きがあるが、そこはもうしかたがないと割りきることにした。

「おじいちゃんには、私と腕組んでバージンロードを歩いてもらうからね。がんばってよ」

「おお、それは大役だな。緊張しすぎて心臓が止まらなきゃいいが」

「やめてよ、心臓ジョークは……」

祖父と孫娘の会話を聞いて、和樹はおかしそうに笑っている。

「大丈夫ですよ。止まったら、俺がまたすぐ動かします」

「それはありがたい」

宗治は佳菜がお土産に持ってきた葛餅をつまんで目を細めた。

手術を終え、体調が落ち着いた宗治は、すっかり丸くなった。和樹に対してとやかく言うこともない。佳菜は見ていないが、通院するときも、元医師だからと和樹に意見したりはまったくしないらしい。

だから、手術を提案されて最初にごねたときは、本当にただただ佳菜を心配していたのだとよくわかる。

「六月なんてきっとすぐだよ。それまでに、食事のコースとか引き出物とか、着るものとか、決めなきゃいけないことが山ほどあるし」

大変そうだけれど、和樹と一緒にひとつひとつ吟味して決めていく作業はとても楽しそうだ、と思ったのだが。

「お、白無垢か？」

宗治が言った。

「えっ」

式はチャペルで挙げるつもりだし、和装はまったく考えていなかった。

「白無垢の佳菜も綺麗だろうなあ」

和樹までそんなふうに言いだす。

「ま、待って、私はドレスを着るつもりで――」

「両方着りゃあいいじゃないか。それくらいの貯金はあるぞ。お色直しってやつか？三着でも四着でも着替えりゃいいだろ」

「無理無理無理無理、そんな出たり入ったりしてたら、ほとんど披露宴会場にいられないじゃない」

「それなら、写真だけは和装も撮ったらどうだろう。撮影のとき、森下先生にも来てもらって」

いいことを思いついた、という感じで和樹が提案してきた。

「それもいいな」

宗治も同意する。

「どうせ着物を着るなら、色打掛も着てもらいたいなあ」

お茶を飲みながらほのぼのと語り合うふたりを見て、ずいぶん仲よくなったものだと思う。彼らが望むなら、なんだって着てもいいかなという気になってくる。

こういうのを、幸せというのだろう。

「わかったわかった、白無垢でも色打掛でも色ドレスでも、なんでも着ます。ただし、当日は白ドレスで一日過ごします」

「佳菜がそう言うなら、それで」

和樹が穏やかな笑みを浮かべる。

和樹だったらきっと、袴もタキシードも難なく着こなすだろう。

とびきり綺麗にしてもらって彼の隣に並ぶ日が、いまから楽しみになってきた。

エピローグ

六月の佳き日。

やわらかな光が差し込む花いっぱいの広いチャペルで、たくさんの参列者に見守られながら和樹と佳菜は結婚式を挙げた。

会場は和樹の兄夫婦も結婚式をしたという立派なホテルで、義父の希望で藤本総合病院に関わる大勢の人が招待された。

藤本家は親戚も多く、招待客は三百人以上とかなり規模の大きな式となった。

チャペルはホテルに併設されていて、結婚式を挙げてから披露宴の会場まですぐに移動できることも会場選びの決め手だった。

ヴァージンロードで、すっかり元気になった宗治は堂々と胸を張り、エスコート役を務めてくれた。

宗治の腕を離し和樹の腕に手を添えたときの気持ちは、一生忘れられないだろう。

佳菜は、オフショルダーのAラインドレスで挙式に臨んだ。佳菜はレンタルでいいと言ったのだが、和樹がどうしてもオーダーメイドがいいと主張し、そうなった。

上質なサテン生地に繊細な刺繍やレースがあしらわれ、華やかだけれど品がいいドレスは、ため息が出るほど美しい。

前撮りのときには、白無垢に色打掛、淡いパープルのカラードレスも着用した。宗治と和樹に推される形ではあったけれど、いい記念になったと佳菜も思っている。

チャペルを出ると、たくさんのフラワーシャワーがふたりに降り注いできた。

「おめでとう、佳菜！」

愛理が弾けるような笑顔で迎えてくれる。ほかにも小児科や同期の看護師が何人も佳菜と和樹を祝福してくれた。

「和樹くん、佳菜を頼んだよ」

花弁が降り注ぐ花道を通ってから、仲睦まじいふたりの姿をまぶしそうな顔で見つめながら、宗治が言った。

「はい」

和樹は力強くうなずいた。

「俺は佳菜が結婚して幸せになるまでは死ねないと思っていたんだが……実際にこうして幸せになった姿を見ると、欲が出るな。やっぱり、ひ孫を見るまでは死ねそうにない」

宗治の言葉を聞いて、佳菜は口を開き、閉じて、また開けた。

「……おじいちゃん」

「なんだ？」

「それ……そんなに先の話じゃない、かも」

佳菜は宗治の耳元に口を寄せ、小さな声で言った。

「えっ」

宗治とその隣にいた和樹が同時に驚いた声をあげた。

「佳菜っ、え、それって」

和樹が目を見開いて肩を掴んでくる。

「う、うん……昨日、産婦人科で診てもらったら、間違いないって」

「本当か！」

うれしさを爆発させるように、和樹が佳菜を抱きしめた。

「佳菜、愛してる。こんなうれしいことはないよ」

「和樹さん……」

病院でのクールな和樹しか見たことのない人たちが、目を丸くして驚いている。

みんなの視線を一身に浴びて、佳菜は顔を熱くした。

恥ずかしくて、和樹の首もとに顔をうずめる。

その耳もとに、和樹がささやいてくる。

「愛してるよ、佳菜。まるごと全部」

「私も、愛してます、和樹さん」

小声で佳菜も自分の想いを告げると、和樹はいっそう強く佳菜の体を抱きしめた。

泣きたくなるほど、幸せだった。

熱すぎるふたりを冷やかす声が湧いたが、佳菜にはもう聞こえなかった。

END

特別書き下ろし番外編

番外編　藤本和樹の幸せな日々

和樹と佳菜にとって初めての子どもは、年が明けて二月、例年になくまるで春のように暖かい日に藤本総合病院の産婦人科で生まれた。

妊娠中、佳菜はつわりがあまりなかったので、特に問題なく家事などこなせていたのだが、和樹はどんなに大丈夫だと言っても帰宅後は佳菜を働かせようとはしなかった。

和樹は仕事柄立ち会い出産を半分あきらめていたが、仕事が終わる二時間ほど前から陣痛がはじまり、それから一時間もしないで生まれてきたため、無事に生まれたての我が子を抱くことができた。

子どもはくりくりした目が佳菜によく似た元気な女の子で、名前はふたりで考え、まっすぐに自分の信じた道を進んでいけるよう、真央《まお》と名づけた。

佳菜は小児科の看護師だから乳児に関わる機会が多く、子育てには自信があったようだった。

しかし病院にいる間だけ複数人で面倒を見るのと、二十四時間ほぼ自分ひとりだけで世話をするのとは勝手が全然違ったらしく『病院で見てたから大丈夫だよ！』と笑ってはいたが明らかに空元気で、日の下に濃いくまを作っていた。

和樹は見かねて育休を取ろうとしたのだが、佳菜に『私は本当に大丈夫だから、和樹さんはたくさんの人の命を救ってください』と強く言われてしまい、結局取らなかった。

それでも休みの日は、佳菜を少しでも休ませるためにできる限り真央の面倒を見た。しかし初めての新生児育児に和樹もドキドキで、真央が静かに眠っているときなど、不安になって何度も呼吸を確かめてしまった。

そんな中、佳菜の母親は亡くなっているため和樹の母親が週に何度か手伝いに来てくれたのは、本当に助かった。

真央は順調に成長したが、生後半年を過ぎた頃に一時期夜泣きがひどくなり、佳菜と和樹は添い寝するようになったとき以来、初めてベッドを分けた。

和樹の仕事は体力と集中力が勝負だ。寝不足で心臓の手術をこなすわけにはいかなかったのだ。

しかたないとわかってはいても、久しぶりのひとりのベッドはやけに広く感じ、寂しくなった。

夜中に起きて夜泣きに対応する佳菜をほとんど手伝えないのも歯がゆくて、何度も謝ったが、佳菜は『和樹さんは和樹さんのやるべきことをがんばってください。私は私のいまやるべきことをがんばります』と言って笑った。細切れの睡眠はつらかっただろうに、佳菜は強い。


めまぐるしく日々は過ぎ、真央は今日で一歳になる。

ただでさえかわいかったのに、この頃では和樹を『パパ』と呼んでくれるようになり、目の中に入れても痛くないとはこういうことかと実感している。

毎朝佳菜とふたり、笑顔で「いってらっしゃい」と手を振ってくれると、今日もがんばろうと活力が湧いてくる。

「なるべく早く帰るから」

患者が急変したり、救急車が来たりすれば残業せざるを得なくなるとわかっていても、言葉にしたかった。

「待ってます」

佳菜も和樹の事情など百も承知で、そう応える。

佳菜と真央の頬に軽くキスをして、家を出た。

勤務中はもちろん患者が第一になる。集中して外来の診察や回診、予定されていた手術をこなしているうちに、あっという間に定時になった。

「和樹先生、もう帰ってしまって大丈夫ですよ」

同い年の部下が声をかけてきた。腕のいい、和樹の信頼している医師だ。

「なにかあったら、僕が対応しておくんで。今日、真央ちゃんの誕生日でしょう？」

「……顔に出てたか？」

「出てません。僕が覚えていただけです」

よかった。プライベートな事情が勤務中顔に出るのは、よろしくない。

「それにしても早いですね。もう一年経つなんて」

そう言って笑う彼は、五年前に結婚してふたりの子どもがいる。

「……すまなかった」

「えっ？」

突然謝ると、部下が驚いた顔をする。

「俺はいままで、君の子どもの誕生日を気にしたことがなかった。君だって早く帰りたかっただろうに」

佳菜と結婚するまでの和樹は、仕事仕事で自分のプライベートなどほとんどないような状態だった。

それは自分が選んだ働き方だったから後悔していないが、部下たちのプライベートまで気が回っていなかったのは上司として失格だったといまになって思う。

「和樹先生……ほんとに変わりましたよね」

珍しいものを見るように、まじまじと見られる。

「俺が変わったとしたら、それは妻のおかげだな」

「家庭円満、いいことじゃないですか。大丈夫です、僕も子どもの誕生日のときは、様子を見て早めに帰らせてもらってましたから」

部下の気遣いに感謝して、六時過ぎには病院を出た。こんなに早く帰れるなんてめったにない。

気がはやる。安全運転を意識して車で十分ほどの自宅に向かい、エレベーターに飛び乗る。

小走りで廊下を進み、自宅玄関の鍵を開けた。

「ただいま！」

廊下の奥に声をかけると、最近歩きはじめたばかりの真央がにこにこしながらこちらに向かって歩いてきた。

よちよち、という表現がぴったりな、ひよこみたいな歩みだ。

あまりのかわいらしさに駆け寄りたくなるが、しゃがんで両手を広げ、辛抱強く真央がたどり着くのを待つ。

「パーパ」

廊下を歩ききった真央が抱きついてくる。

「すごいぞ真央、こんなに歩けるようになったなんて」

愛娘を抱き上げて喜んでいる和樹に、佳菜が幸せそうな顔で笑いかけてきた。

「おかえりなさい、もうご飯できてますよ」

真央を抱いたままリビングに入ると、病院を出たときに連絡を入れておいたからか、食卓にはところ狭しと料理が並んでいた。

ちょろちょろと動き回る真央から目が離せず忙しいだろうに、腕によりをかけて用意してくれたと思うと、頭が下がる思いだ。

「すごいな、ケーキまである」

「まだ売っているケーキを食べさせるには早いかなと思ったので、ヨーグルトやフルーツで手作りしてみました」

小さな円いケーキには、数字の〝1〟の形をしたロウソクが刺さっている。

三人で食卓を囲み、ロウソクの芯にライターで火をつける。真央は不思議そうな顔で揺れる火を見ている。

佳菜とふたりでハッピーバースデーを歌い、真央の代わりに火を吹き消す。自分の誕生日だとはわかっていないのだろうが、真央はうれしそうな顔をしてパチパチと手を叩いた。

それから夕飯を食べはじめたが、真央は初めてのケーキに夢中だった。グラタンやスープには目もくれず、手づかみで豪快にケーキを食べるものだから、手も顔もクリームやヨーグルトまみれだし、テーブルもすごいことになっている。

そんな真央を笑って見つめながら佳菜と食べるご馳走は、最高においしかった。


ずいぶんと興奮していたからか、入浴を済ませると真央は寝かしつけるまでもなく子ども用布団でぐっすりと眠ってしまった。

「佳菜」

和樹はベッドの中で最愛の妻を抱き寄せた。佳菜の方からも背中に腕を回してくれるのがうれしい。

「今日はありがとう。真央がうれしそうだったし、俺も本当に楽しかった」

「和樹さんこそ、早く帰ってきてくれてありがとうございます」

佳菜が幸せそうに笑う。

自然とふたりの顔が近づき、唇が重なる。やわらかい体を抱きしめこうしていると、たまらない気持ちになってくる。

パジャマの中に手を忍ばせ、素肌をなでる。

「あ、和樹さん……」

「いいか？」

一応尋ねはしたが、手はもうやわらかな膨らみに触れている。

「はい……」

佳菜が恥ずかしそうに小さくうなずく。

夫婦となって二年以上経ち母となっても、佳菜の反応はいまだに初々しく、かわいらしい。

着ているものを脱がせ、自分も裸になり、すぐにお互いの肌に夢中になる。

きっとこれから何年経っても、こうして愛し合う行為に飽きる日はこないだろう。

佳菜と結婚したとき、和樹は自分は仕事第一でいたいから誰かと愛情を育む時間などないと言った。

あれは間違いだったとしみじみ思う。

いまだって仕事は大事だ。しかしだからといって佳菜との愛情を育む時間がないなんてまったく思わない。

本当の愛を知ったことで、自分は変われたと思う。なにより患者のことだけでなく、その家族のことまで気遣えるようになったのは大きい。

「ありがとう、佳菜。愛してる」

全身を濃厚に愛し尽くされ、コトリと眠った佳菜のやわらかい髪をゆっくりと梳きながらささやく。

返事はなかったが、佳菜の口もとがわずかに笑ったように見えた。

END

あとがき

『愛に目覚めた凄腕ドクターは、契約婚では終わらせない』をお手に取っていただき、ありがとうございます。お楽しみいただけたでしょうか。

私、ベリーズ文庫さんで書かせていただくのは今作が初めてなもので、果たしてレーベルの読者さんに受け入れていただけるのだろうかと、とてもドキドキしています。

初めてといえば、医者のヒーロー、看護師のヒロインを書いたのも初めてです。和樹をちゃんと仕事のできるかっこいい男性に書けているといいのですが。

恋愛というものは、良くも悪くも自分や相手、そして周囲に変化をもたらすものだと思っています。和樹に出会ったことで佳菜が、佳菜に出会ったことで和樹がどう変わったのか。また、ふたりの突然の結婚によってふたりを取り巻く人間関係にどんな影響があったのか、しっかり表現できていたらいいなと思います。

普段はもう少々濃厚なシーンのあるジャンルで書いていることもあり、いろいろと加減（?）がわからず、担当様にはずいぶんとご迷惑をかけてしまいました。見捨てることなく粘り強く刊行まで導いてくださり、大変感謝しています。

そして表紙を担当してくださったrera先生、美麗なイラストで今作を飾ってくださり、ありがとうございました。

誠実そうな和樹が、とってもかっこいいです。佳菜はすごくかわいらしくて、これは和樹も恋に落ちるわけだと納得しました。

この本の出版に携わってくださったすべての皆様に、厚く御礼申し上げます。本当にありがとうございました。

それでは、またお目にかかれますように。

緒莉《おり》

緒莉先生への
ファンレターのあて先

〒104-0031
東京都中央区京橋1-3-1
八重洲口大栄ビル7F
スターツ出版株式会社　書籍編集部　気付

緒莉先生

本書へのご意見をお聞かせください

お買い上げいただき、ありがとうございます。
今後の編集の参考にさせていただきますので、
アンケートにお答えいただければ幸いです。

下記URLまたは二次元コードから
アンケートページへお入りください。
https://www.ozmall.co.jp/enquete/IndexTalkappi.aspx?id=2301

愛に目覚めた凄腕ドクターは、
契約婚では終わらせない

2024年7月10日　初版第1刷発行

著　者　緒莉

発行人　菊地修一
デザイン　カバー　ナルティス
　フォーマット　hive & co.,ltd.
校　正　株式会社文字工房燦光
発行所　スターツ出版株式会社
〒104-0031
東京都中央区京橋1-3-1　八重洲口大栄ビル7F
TEL　03-6202-0386（出版マーケティンググループ）
TEL　050-5538-5679（書店様向けご注文専用ダイヤル）
URL　https://starts-pub.jp/
印刷所　大日本印刷株式会社

Printed in Japan

ISBN 978-4-8137-1607-5　C0193

ベリーズ文庫　2024年7月発売

『失恋婚!? ～エリート外交官はいつわりの妻を離さない～』佐倉伊織《さくらいおり》・著

都心から離れたオーベルジュで働く一華。そこで客として出会った外交官・神木から3ヶ月限定の"妻役"を依頼される。ある政治家令嬢との交際を断るためだと言う神木。彼に惹かれていた一華は失恋に落ち込みつつも引き受ける。夫婦を装い一緒に暮らし始めると、甘く守られる日々に想いは膨らむばかり。一方、神木も密かに独占欲を募らせ溺愛が加速して…!?

ISBN 978-4-8137-1604-4／定価781円（本体710円＋税10%）

『不本意ですが、天才パイロットから求婚されています～お見合いしたら容赦ない溺愛に包まれました～【極甘婚シリーズ】』田崎《たさき》くるみ・著

呉服屋の令嬢・桜花はある日若き敏腕パイロット・大翔とのお見合いに連れて来られる。断る気満々の桜花だったが初対面のはずの大翔に「とことん愛するから、覚悟して」と予想外の溺愛宣言をされて!?　口説きMAXで迫る大翔に桜花は翻弄されっぱなしで…。一途な猛攻愛が止まらない【極甘婚シリーズ】第三弾♡

ISBN 978-4-8137-1605-1／定価781円（本体710円＋税10%）

『バツイチですが、クールな御曹司に熱情愛で満たされてます!?』高田《たかだ》ちさき・著

夫の浮気によってバツイチとなったOLの伊都。恋愛はこりごりと思っていたある日、高級ホテルで働く恭弥と出会う。元夫のしつこい誘いに困っていることを知られると、彼から急に交際を申し込まれて!?　実は恭弥の正体は御曹司。彼の偽装恋人となったはずが「俺は君を離さない」と溺愛を貫かれ…！

ISBN 978-4-8137-1606-8／定価781円（本体710円＋税10%）

『愛に目覚めた凄腕ドクターは、契約婚では終わらせない』緒莉《おり》・著

小児看護師の佳菜は病気の祖父に手術をするよう説得するため、ひょんなことから天才心臓外科医・和樹と偽装夫婦となることに。愛なき関係のはずだったが──「まるごと全部、君が欲しい」と和樹の独占欲が限界突破！　とある過去から冷え切った佳菜の心も彼の溢れるほどの愛にいつしか甘く溶かされていき…。

ISBN 978-4-8137-1607-5／定価770円（本体700円＋税10%）

『契約結婚、またの名を執愛～身も心も愛し尽くされました～』山野辺《やまのべ》りり・著

OLの希実が会社の倉庫に行くと、御曹司で本部長の修吾が女性社員に迫られる修羅場を目撃！　気付いた修吾から、女性避けのためにと3年間の契約結婚を打診されて!?　戸惑うも、母が推し進める望まない見合いを断るため希実はこれを承諾。それは割り切った関係だったのに、修吾の瞳にはなぜか炎が揺らめき…！

ISBN 978-4-8137-1608-2／定価781円（本体710円＋税10%）

ベリーズ文庫 2024年7月発売

『離婚まで30日、冷徹御曹司は昂る愛を解き放つ』木下《きのした》杏《あんず》・著

ＯＬの果菜は恋愛に消極的。見かねた母からお見合いを強行されそうになり困っていた頃、取引先の御曹司・遼から離婚ありきの契約結婚を持ち掛けられ…!? いざ夫婦となるとお互いの魅力に気づき始めるふたり。約束1年の期限が近づく頃――「君のすべてが欲しい」とクールな遼の溺愛が溢れ出して…!?

ISBN 978-4-8137-1609-9／定価781円（本体710円＋税10%）

『怜悧な外科医の愛は、激甘につき。～でも私、あなたにフラれましたよね?～』夢野《ゆめの》美《み》紗《さ》・著

高校生だった真希は家族で営む定食屋の常連客で医学生の聖一に告白するも、振られてしまう。それから十年後、道で倒れて運ばれた先の病院で医師になった聖一と再会！　そしてとある事情から彼の偽装恋人になることに!?　真希はくすぶる想いに必死で蓋をするも、聖一はまっすぐな瞳で真希を見つめてきて…。

ISBN 978-4-8137-1610-5／定価781円（本体710円＋税10%）

ベリーズ文庫 2024年8月発売予定

Now Printing

『警察官僚×契約結婚』　花木《はなき》きな・著

ある日美月が彼氏と一緒にいると彼の「妻」を名乗る女性が乱入！　女性に突き飛ばれた美月は偶然居合わせた警察官僚・巧に助けられる。それは子供の頃に憧れていた人との再会だった。そしてとある事情から彼と契約結婚をすることに!?　割り切った結婚のはずが、硬派な巧は日ごとに甘さを増してゆき…！

ISBN 978-4-8137-1622-8／予価748円（本体680円＋税10%）

Now Printing

『出戻り王女の政略結婚』　三沢《みさわ》ケイ・著

15歳の時に政治の駒として隣国王太子のハーレムに送られたアリス。大勢いる妃の中で最下位の扱いを受けて7年。夫である王太子が失脚&ハーレム解散！　出戻り王女となったアリスに、2度目の政略結婚の打診が!?　相手は"冷酷王"と噂されるシスティス国王・ウィルフレッド。「愛も子も望むな」と言われていたはずが、彼の瞳から甘さが滲み出し…!?

ISBN 978-4-8137-1623-5／予価748円（本体680円＋税10%）

タイトル、価格等は変更になることがございますのでご了承ください。